Une seconde chance

DU MÊME AUTEUR

Aux Editions Plon

Dictionnaire amoureux des héros
Les Pantoufles du samouraï
Déclic

Aux Editions Albin Michel

Laura Brams
Haute-Pierre
Poucheri
Werther, ce soir
Rue des Bons-Enfants, prix des Maisons de la Presse 1990
Belles Galères
Menteur
Tout ce que Joseph écrivit cette année-là
Villa Vanille
Présidente
Théâtre dans la nuit
Pythagore, je t'adore
Torrentera
Le Sang des roses
Jardin fatal
La Reine du monde
Le Silence de Clara
Belange
Venge-moi !
Héloïse

Chez Jean-Claude Lattès

L'Amour aveugle
Monsieur papa, porté à l'écran
E = mc^2 mon amour, porté à l'écran sous le titre *I love you, je t'aime.*
Pourquoi pas nous ?, porté à l'écran sous le titre de *Mieux vaut tard que jamais.*
Huit jours en été
C'était le Pérou
Nous allons vers les beaux jours
Dans les bras du vent

Aux Editions Nil

La Maison de l'été

Patrick Cauvin

Une seconde chance

PLON
www.plon.fr

ISBN : 978-2-259-20549-8

Mardi

Rappelez-vous cette date. Elle est historique. Pire que 1515 et 1789.

Ça s'est passé ce matin.

Un coup de folie.

J'ai décidé de tenir un journal.

Ça peut à première vue paraître pas très important. Plein de gens s'y collent chaque soir. Des filles beaucoup, mais même des mecs. En 5e Bernard me l'avait dit, on était assez potes à l'époque.

— Je tiens un journal.

Ça m'avait scié. Il était lourd Bernard. Il regardait des karatés de location avec son frangin en se tapant des sacs entiers de pop-corn caramel. Tous les week-ends. Je me suis toujours demandé ce qu'il pouvait écrire chaque soir. « Vu *Wang-Ho et le vampire du fleuve Jaune* », « Ramassé une bulle en géo because le prof peut pas me saquer », « Ramené 3 livres de poireaux du Franprix. » Ça devait pas être palpitant. Mais je me trompe peut-être, si ça se trouve, c'était passionnant son journal à Bernard. Peut-être il s'inventait des histoires, ou il racontait ses rêves... On avait parlé de la Chine une fois. Il voulait être dentiste, à la télé il avait remarqué pendant un reportage que les Chinois ont des chicots pourris. Les vieux surtout. Il pensait que là-bas il ferait fortune à leur fabriquer des quenottes à la Brad Pitt. Modèle spécial Nicole Kidman pour les dames. Au fond, il était peut-être passionnant son carnet de bord, va savoir.

Moi, ça va être une catastrophe. Si quelqu'un a commencé à lire les dix lignes que je viens de pondre, il doit déjà être à la ramasse.

Ça a commencé à la maternelle et ça continue jusqu'à aujourd'hui où je roule vers mes quinze bougies : en français, je suis nul.

Attention, c'est pas de la coquetterie, des phrases pour faire genre. C'est du pur sucre. Quand je dis que je suis nul, c'est pas pour frimer, c'est du solide et du vérifiable. A voir mon carnet de correspondance, à entendre les longues lamentations de ma mère chaque fois qu'elle le signe, pas un doute : je suis nul de chez nul. « Doit faire des efforts pour atteindre le niveau », « Manque de concentration évident durant les cours », « Doit cesser de se préoccuper des résultats sportifs en classe de français », « S'est éloigné du catastrophique pour atteindre le lamentable. » Des poètes les profs, le sens de la formule pour noyer le mérou. Je ne sais pas pourquoi je suis mauvais comme ça, c'est devenu une tradition, une habitude : cancre depuis toujours. Maman prétend parfois que j'y mets de l'obstination, presque de la bonne volonté. J'aurais peur de décevoir si je me trouvais dans la moyenne. Cancre donc, une sorte de modèle du genre.

Et malgré ça, je commence ce journal.

C'est à peu près comme si je construisais des pyramides à l'échelle 1 avec des gaufrettes.

Pas sûr que je puisse tenir jusqu'au bout mais je vais essayer, saluez la tentative, chapeau bas devant l'audacieux !

On se doute que si je fais cela, si j'entreprends cette tâche monumentale, c'est que je dois avoir une sacrée raison.

Alors ça, je crois qu'on peut le dire.

Vous pensez bien que si j'avais eu les félicitations générales du conseil des profs, si j'avais cambriolé l'agence de la BRED du coin de ma rue, si je m'étais tapé toutes les pépettes au nombril apparent qui piaillent à l'arrêt de l'autobus, si j'avais trouvé une malle-cabine bourrée de liasses de billets de 100 dollars, j'aurais même pas eu un regard vers mon stylo.

Mais ça, ce qui m'est arrivé, c'est autre chose et je ne peux pas faire autrement que de le raconter. Je ne sais pourquoi mais ça me paraît impossible : si je ne l'écris pas j'étouffe.

J'ai remarqué que j'en avais les mains qui tremblaient… Il faut que je me calme parce que le lecteur, s'il y en a un un jour, ne pourra pas me relire. Je crois que c'est mieux, avant de plonger, de parler un peu de moi. Pas beaucoup, juste pour qu'on sache qui je suis. Peut-être ça pourra expliquer ce qui m'est arrivé, bien que j'en doute : à mon avis, ce qui s'est passé, rien pourra jamais l'expliquer... Personne n'y arrivera, ou alors je ne comprends rien à rien. Car malgré tout ce que j'ai dit jusqu'à présent, je ne voudrais pas qu'il y ait d'erreur : je suis un vrai cancre mais c'est pas pour autant que je suis complètement con. A mon avis, ça n'a même rien à voir. L'année dernière le prof d'anglais avait marqué : « N'emploie pas son intelligence à l'étude des langues vivantes. » Ça veut bien dire que je ne l'emploie peut-être pas toujours mais que j'en ai une. Pas énorme sans doute, ce serait prétentieux de ma part, mais tout de même côté QI c'est pas le niveau de la mer. Enfin, j'espère.

Donc je vais un peu me présenter sinon on ne comprendrait pas la suite de l'histoire.

Alors voilà, mon nom d'abord.

Et le nom c'est le premier coup dur.

Pas la peine de chercher à deviner, à s'embarquer du côté de Michel, François ou Jacques, vous êtes loin du compte.

Zéphyrin.

Tel que.

Vous avez bien lu. Un jour, je devais avoir 6 ou 7 ans, j'ai demandé à ma mère pourquoi elle m'avait appelé Zéphyrin. Réponse : c'était le prénom de mon grand-père. Comme si c'était une raison. Il se serait appelé Trouduc j'y avais droit.

Trouduc Duval. En attendant c'est Zéphyrin Duval.

Quand nous en parlons, elle est toujours un peu étonnée.

— Mais c'est joli Zéphyrin... Il y a Zéphyr dedans...

Elle doit m'imaginer sur un voilier avec une douce brise qui me pousse vers les Bahamas. Elle, elle s'en fout, c'est Jocelyne. Jocelyne Duval. Avec ça elle craint rien. J'ai eu l'espoir qu'à l'école primaire mes copains m'appelleraient Zef. Ça m'aurait assez plu, ça a un côté américain. Ça fait même un peu boxeur, « Zef Duval vainqueur de Kid Battling par K-O à la 3e reprise ». Eh bien, pas du tout. On pouvait s'attendre à ça, c'est normal : d'ordinaire c'est comme ça que ça se passe. On prend la première syllabe : Michel c'est Mich, Albert c'est Al, il y a plein d'exemples. Alors en fin de compte vous savez comment ils m'ont appelé ?

Firin.

Sympa sur une carte de visite. Firin Duval.

Bon, on va pas passer les deux réveillons là-dessus mais tout ça pour dire que ça me fait dès le départ une grosse sacoche à porter. Il y en a d'autres, rassurez-vous. Passons à Jocelyne puisqu'on en parlait.

C'est difficile de faire le portrait de sa mère, on manque de recul. Je peux vous en usiner des pages sur la mère de Guitou, celle qui crie tellement fort qu'elle décolle quand elle hurle, la seule femme à réaction de tout le 18e arrondissement. On l'appelle 747 à cause du Boeing. Elle ouvre la bouche, elle meugle et ça fait rétrofusée, elle part en arrière. On peut en tartiner des volumes sur cette femme-là mais sur Jocelyne, j'ai du mal.

Justement, elle vient de m'appeler. Les courses à faire. Elle doit avoir fait sa liste : à peine 10 000 articles à acheter. Yaourts Taillefine, goldens, steaks sous-vide. J'irai chez Mohammed grand sultan de Montmartre. A demain, si Allah le veut.

Mercredi

Allah le veut.

Je reprends. Je suis donc descendu chez Mohammed. On se connaît depuis longtemps. Un jour, dans les débuts où j'étais là, je suis allé lui acheter des pommes de terre. Je me souviens très bien du dialogue qui s'est engagé.

— Un kilo de pommes de terre s'il vous plaît.

Il m'a regardé avec intérêt. Toujours souriant Mohammed, et il a dit :

— Des pommes de terre pour quoi faire ?

J'ai cru qu'il se foutait de moi. J'allais pas lui acheter des pommes de terre pour jouer aux boules. J'ai répondu :

— Pour manger.

Il en rigole encore. Il faut dire que j'avais 6 ans à l'époque, j'ignorais qu'il y avait des patates pour la purée, d'autres pour les frites, d'autres pour la salade, etc. Trois mille sortes de patates différentes, des nouvelles, des anciennes, des grosses, des petites, des rouges, bref, ça ne manque pas, chaque fois que j'entre dans son magasin, j'y ai droit.

— Alors Firin, un kilo de patates pour manger ?

A 90 ans, s'il est toujours là, il me la resservira encore.

Pourquoi est-ce que je raconte ça ?

A mon avis il y a deux raisons. La première c'est que je suis un roi de la digression. A chaque rédac ça ne loupe pas, c'est marqué en rouge dans la marge : « Evitez les digressions », « Encore une digression » ou tout simplement : « Digression. » Une forte tendance à sortir du sujet, à m'évader, à parler d'autres choses. Pas étonnant que ça continue avec ce journal. C'est vrai que c'est pas mes souvenirs avec un épicier arabe qui vont enthousiasmer les foules, mais je ne peux pas m'en empêcher, c'est comme un tic, bien difficile de s'en défaire. Une idée en amène une autre et c'est parti : je digresse.

Mais il y a autre chose de bien plus important.

En fait, j'ai peur de raconter ce qui m'est arrivé.

Résultat, je tourne autour, je parle d'autre chose, de n'importe quoi et surtout pas de ce qui compte. Il faut que j'y arrive tout de même mais c'est tellement incroyable que...

Allez, je vais essayer.

L'affaire commence en cours d'éducation artistique. C'était en février. Le 14 exactement.

La prof est sympa et c'est pas le cas de tous.

Je n'ai pas de très bons souvenirs dans ce domaine. En 6e, on était tombés sur un type qui nous a fait dessiner une cafetière sur une sellette pendant un trimestre. J'en avais des nausées de sa cafetière. Il avait insisté pour qu'on la dessine comme on voulait, pas nécessairement comme elle était, son rêve c'était qu'on dessine une cafetière imaginaire mais à partir d'une cafetière qui est devant vous, c'est dur d'imaginer autre chose, vous pouvez vous y prendre comme vous voulez, ça a toujours une poignée, un bec verseur et un couvercle. Je me souviens que Malika Bousaïd qui était à côté de moi avait fait un grille-pain. Elle expliquait que quand elle voyait une cafetière elle pensait à un grille-pain, ce n'était pas la preuve d'une imagination délirante mais ça avait quand même fait plaisir au prof. Comme quoi il leur faut parfois peu de chose. D'autres pour faire leur intéressant collaient des ailes à la cafetière, des pattes, ça se transformait en éléphant, en tête de clown avec le gros tarbouif. N'importe quoi. Après, en 5e, on a eu une autre prof qui donnait dans la terre glaise. On se retrouvait devant un tas de terre glaise et vas-y bonhomme : sculpte.

Malika Bousaïd qui avait réussi à ne pas redoubler avait fait fort, elle avait découpé sa pâte en filaments, ça ressemblait à un nid de vers de terre et quand la prof lui avait demandé ce que ça représentait, elle avait pris son air offensé et avait répondu : « Vous n'avez jamais vu de spaghettis ? » Pourquoi est-ce que je raconte tout ça ? Pour rien. Vous pouvez marquer « digression » dans la marge.

Donc le 14 février, cours d'éducation artistique. Dès l'entrée Suzanne Gremillat dite Supertanker à cause de son envergure a annoncé la couleur : elle nous amenait au Louvre la semaine suivante, prière de ne pas oublier deux tickets de métro, prière de ne pas draguer les autocars d'Américaines pendant la visite, prière de ne pas fumer dans les Tuileries, prière de prévoir un casse-croûte qu'on mangerait sur les bancs même s'il faisait – 15, prière de fermer les portables à double tour, prière de pas jouer les voyous, prière de ne pas se perdre, prière de cracher les chewing-gums, prière de ne pas dessiner des moustaches à *La Joconde*, non, là j'exagère mais enfin elle a pas arrêté pendant un quart d'heure de nous prévenir que si jamais un seul ou une seule d'entre nous enfreignait les consignes, ce serait pour l'ensemble de la classe et jusqu'à la fin des temps un tsunami de punitions qui nous balaierait de la surface de la terre et du même coup du monde des vivants.

Dans ces cas-là on la laisse dire, comme elle est fondamentalement sympa et qu'on l'a compris dès le premier jour de classe, on fait oui-oui-oui, on hoche la tête, on prend l'air angélique et on attend que l'averse passe. Elle a duré longtemps, prière de rester groupé, prière de ne pas se brancher sur son mp3, prière de ne pas flirter pendant toute la durée de la sortie, prière de ne pas se gaver de saloperies hypersucrées parce qu'on vomit, prière pour les filles de pas se croire obligées de se maquiller en girls Moulin-Rouge. Elle a arrêté lorsqu'on a fait tous semblant de s'endormir.

Ce qui est pas mal avec ce lycée c'est qu'on en sort assez souvent. La dernière fois c'était à la Cité des Sciences avec le prof de maths. C'est pas mal la Cité des Sciences, à condition d'aimer la science mais quand on s'en fout un peu comme c'est mon cas, il y a un moment où ça commence à faire long. Et puis ce jour-là, j'avais autre chose en tête. J'avais décidé que la journée ne se passerait pas sans que j'aie roulé une biscotte à la Françoise Ménardier.

Une idée comme ça.

J'en étais pas amoureux du tout mais je la trouvais assez sexe. J'ai toujours pensé qu'elle devait passer une bonne partie de la nuit à essayer d'entrer dans son jean et l'autre à se laquer les ongles en noir. Elle tape le style gothique pendant le week-end. Je l'ai rencontrée une fois au ciné de la place Clichy. Si je l'avais pas vue la veille en classe j'aurais pensé qu'elle sortait de six mois de coma : livide et les paupières passées au charbon de bois. Le cauchemar de Dracula. Si elle arrivait comme ça au bahut, ce serait la syncope générale, du concierge au conseiller principal d'éducation. Donc, j'avais des vues sur Françoise Ménardier, on avait eu des regards, des sourires, un ou deux frôlements dans les couloirs, on s'était mis en boîte un peu à la cantine, ça partait bien et j'étais assez énervé.

Il faut dire que je n'ai pas un succès fou auprès des filles, disons un succès moyen pour pas dire très moyen. Je sais pourquoi. Je fais le malin comme ça, mais je suis timide. Ça ne fait pas de doute. Parfois, lorsque je suis en grande période d'optimisme, je me regarde dans la glace et je me demande pourquoi ils font tourner DiCaprio alors que je ferais aussi bien l'affaire et qu'en plus je leur prendrais moins cher. Parfois en période de déprime je me demande si j'ai raison de sortir dans la rue et si les gens ne vont pas s'évanouir à ma vue. J'avance, ils tombent, j'enjambe des corps, Frankenstein arrive.

En gros, je ne sais pas très bien où j'en suis côté séduction. Gilles (prononcez Jill si vous voulez lui faire plaisir, à l'anglaise) qui est mon meilleur copain m'incite à foncer :

— Vas-y, damned, elle demande que ça, fonce et c'est in the pocket.

Evidemment je ne fonce pas, je fais semblant de ne pas être intéressé, d'être au-dessus de ça. Je me fais traiter de son of a bitch par Gilles et je me dis qu'il n'a pas tout à fait tort, que je suis un dégonflé… un son of a bitch.

En fait je dois avoir un côté trop romantique, je suis pas un réaliste comme Trudier qui les tombe toutes en claquant des doigts. C'est ce qu'il dit tout au moins : « Tu claques des doigts et c'est parti. » Je hais ce mec.

Retour à Françoise Ménardier. C'était bien parti. Pendant une dizaine de stations de métro on s'est fait trois sourires. Un à Barbès-Rochechouart, l'autre à Stalingrad, l'autre à Corentin-Cariou. Je me sentais un peu pétillant. Quand on est descendus à Porte de La Villette, j'étais sûr que c'était dans la poche. On est entrés, on était une bonne vingtaine et le prof courait partout autour de nous comme un chien des Pyrénées pour regrouper son troupeau de chèvres. J'ai perdu Françoise de vue parce que je discutais avec Gilles et quand la visite a commencé, elle avait disparu. Je l'ai retrouvée à l'étage et je suis pas prêt d'oublier le spectacle : elle était derrière un des piliers en béton et elle perdait pas son temps, elle était en train de se faire aspirer les amygdales par ce con de Trudier. Ça m'a sabré la journée. On a beau se dire que c'est le genre d'expérience qui vous renseigne sur la perversité de la nature humaine, c'est pas ce qui console vraiment.

Encore une digression.

J'arrête les écritures pour aujourd'hui. Demain je raconterai ce qui s'est passé sans prendre de gants. J'espère y arriver.

Jeudi

On s'est retrouvés, toute la classe, devant la pyramide du Louvre.

C'est un coin que j'aime bien. Comme dit Gilles qui a de la conversation : « C'est ancien. »

Supertanker est partie au pas de charge et on a suivi comme un seul homme. Il était 11 heures du matin exactement, je me souviens avoir regardé l'heure à ma montre.

J'étais déjà venu avec ma mère, mais ça faisait longtemps. Je m'étais fait gronder parce que j'étais parti en glissade sur le parquet. Tous les mômes le font, et j'en étais un à l'époque. Plus question aujourd'hui sans courir le risque d'essuyer un missile par tribord de la part de Supertanker. On a commencé par les primitifs italiens.

Il y en avait des salles pleines et ça ne m'a pas rassuré. On n'était pas sortis de la cabane. C'est une bavarde la prof, quand elle est devant un tableau, il faut un palan pour la faire passer au suivant. Le pire c'est qu'il fallait prendre des notes, pas confondre Fra Angelico avec Giotto, il y a autant de différences entre eux qu'entre Poivre d'Arvor et Dostoïevski, c'est bien connu.

En fait, j'aime bien la peinture mais je n'étais pas sûr que je n'allais pas m'ennuyer mortellement. Ça s'est révélé exact, au bout de trois quarts d'heure on n'avait parcouru que 3,50 mètres et il y en avait à perte de vue. C'était bourré de touristes. Une dame derrière moi s'est tournée vers son mari et a dit : « C'est bien peint ! » Sans doute une critique d'art. Certains ont commencé à s'agiter, il restait juste quatre ou cinq fayots autour de l'oratrice, qui s'intéressaient ou faisaient semblant. A un moment, j'en ai eu assez et j'ai décidé de hisser les voiles, discrètement. J'ai procédé centimètre par centimètre, une fuite latérale, comme les crabes. Ce n'était pas difficile, il y avait du monde et je pouvais me planquer derrière les visiteurs qui nous cernaient.

Je revois très bien un grand type qui s'est glissé dans notre groupe pour examiner les toiles de plus près... Il devait être myope. Il est passé devant moi et j'ai pensé à Bouteflika : il devait passer une plombe d'heure le matin pour se ranger les cheveux qui lui restaient sur le sommet du crâne, un travail de patience, une vraie architecture pour arriver à se prendre les tifs sur les tempes et à les rabattre par-devant pour tenter une sorte de frange impossible, c'était aligné, impeccable, il devait travailler avec un peigne et un double décimètre pour arriver à ce qu'il voulait.

C'est drôle que je me souvienne de ce détail, il était assez grand et j'ai profité qu'il fasse écran devant moi pour m'escaper définitivement. J'ai pensé prévenir Gilles pour filer à deux mais il était trop loin de moi, et il avait tellement l'air de dormir debout, ç'aurait été dommage de le réveiller.

Trois pas encore sur la gauche et ça y était, j'étais libre.

J'ai commencé à déambuler au hasard. Je me sentais bien. Je me suis dit qu'après tout, qu'est-ce que je risquais ? Une engueulade ? Je la rangerais avec toutes les autres et puis Supertanker n'était pas une terreur. Elle nous aimait bien et c'était réciproque, elle n'en ferait pas un reblochon si je me faisais piquer. J'en étais pas là, alors j'ai arpenté les salles. C'est drôle les musées, les gens y sont plus silencieux. Ils marchent en essayant de faire le moins de bruit possible, on sent qu'il y a du respect dans l'air, ils semblent plus gentils qu'ailleurs, un peu émerveillés, ça les change de l'extérieur, c'est comme une halte, un entracte avant de replonger dans la mêlée.

Il y avait une salle immense mais c'était noir de monde. J'ai regardé un peu les plafonds, dorés de chez doré, et sur ma droite il y avait une enfilade de salles moins fréquentées. Je me suis dirigé par là.

Ecole flamande.

Ça tombait bien. J'ai toujours aimé la peinture flamande. Va savoir pourquoi. Je crois que c'est un souvenir d'enfant qui m'est resté. Dans l'appartement où nous habitions avant que mon père se casse, il y avait une repro dans le couloir. Un paysage. Il y avait de la neige sur le village et sur les collines autour, en tout petit, on voyait des patineurs sur un lac gelé, des fumées sortaient des cheminées. Je montais sur une chaise pour mieux voir les détails, les branches noires des arbres, les gens sur les traîneaux. Plus tard, ma mère m'a dit qu'elle avait béni ce tableau, car les heures que je passais devant je les utilisais pas à faire des conneries. Je crois que ce qui m'attirait c'était l'impression de paix qui sortait de tout ça : je sentais que sous ce ciel bas tous ces gens étaient heureux, qu'ils rentreraient tout à l'heure manger leur soupe du soir et basta. Je pense que j'avais dû déjà comprendre qu'il y avait de l'eau dans le gaz entre Jocelyne et mon père et que la paix que je ressentais devant ce tableau, j'avais pas beaucoup de chance de la trouver chez moi où certaines soirées ressemblaient plus à un championnat de boxe thaï qu'à un concerto pour violon et piano.

Il y avait de moins en moins de monde. Sur les murs, autour de moi, il y avait les mêmes paysages, des chaumières, des nuages, des fêtes paysannes. Du coup, j'en avais oublié Supertanker. Je me sentais bien.

Et puis je suis arrivé dans ce que j'ai pensé être la dernière salle.

C'était la plus petite. Sur la droite il y avait une marine : un bateau dans la tempête. On pouvait deviner qu'il allait couler, les voiles étaient déchirées et les vagues énormes.

J'ai regardé un moment et je me suis tourné vers le mur du fond, celui qui m'a paru être le moins éclairé.

C'est là que je l'ai vu.

J'ai eu l'impression que la lumière montait subitement et qu'en même temps le plancher se mettait à onduler sous mes pieds. J'ai dû faire quelques pas en vacillant pour retrouver mon équilibre. Ça ne m'était jamais arrivé.

Je me suis approché plus près de la toile.

C'était un portrait.

Une fille. Elle était vêtue d'un corsage de velours noir que l'on distinguait à peine du fond très sombre. Autour de son cou elle portait une fraise blanche. Cela formait une sorte de haut collier transparent.

Je ne saurais pas décrire le visage. Si je tente de retrouver l'impression que j'ai eue à ce moment-là, je peux dire que j'étais déjà certain que je ne l'oublierais jamais. Je ne sais pas comment le peintre s'y était pris, mais il avait réussi avec sa couleur et son pinceau à lui coller comme un sourire dans les yeux.

Si tout s'arrêtait là, qu'est-ce qu'on dirait ? Que c'est l'histoire d'un mec qui chope un coup de foudre mégagéant pour une fille qui est morte depuis quatre siècles ? Rien de bien extraordinaire, mais tout ne s'arrête pas là.

Je me suis approché lentement pour mieux la voir, pour être le plus près possible, et c'est à ce moment-là que j'ai eu une impression de chaleur le long de mon bras droit.

Quelque chose coulait sous ma chemise.

J'ai tourné les yeux vers ma main. Autour de chacun de mes doigts il y avait des bagues rouges. J'ai retroussé la manche de mon blouson et j'ai vu les gouttes couler de mon poignet, elles descendaient, contournant la paume.

Je ne pouvais plus bouger, la première est arrivée jusqu'à l'un de mes ongles et est tombée sur le parquet. Une deuxième a suivi.

Mon bras pissait le sang.

Je ne sais pas si je suis arrivé à crier, j'ai ouvert la bouche mais je reste incapable de me rappeler ce qui en est sorti. Je sais que je suis tombé et que je me suis évanoui. Au moment où j'ai perdu connaissance, j'avais le visage de cette fille juste devant moi.

Vendredi

C'est Malika Bousaïd qui m'a trouvé.

Elle a toujours prétendu que c'était par hasard, qu'elle aussi elle en avait eu marre des primitifs italiens, qu'elle avait quitté le groupe et qu'elle m'avait vu par terre dans une flaque de sang qui s'élargissait. Je n'en suis pas sûr. Je crois qu'elle m'a suivi, que depuis la 6e elle me colle au train et qu'on lui aurait coupé la tête plutôt que de lui faire avouer qu'elle en pince pour moi. Elle était plus la bouboule à lunettes qui fabriquait des spaghettis en terre glaise, elle avait grandi comme nous tous, mais avec ses fringues de mercenaire katangais, les rangers, la parka camouflage spécial commando et le bonnet tibétain spécial terroriste enfoncé jusqu'au sourcil, elle attirait pas trop les foules de mecs en délire.

Quand je me suis réveillé, il y avait deux pompiers au-dessus de moi et j'étais couché dans une voiture, il y avait un boucan de tous les diables. Supertanker est apparue, sa tête était suspendue au-dessus de moi et j'ai remarqué des gouttes de sueur à la racine de ses cheveux.

— Ça va aller Firin, ça va aller.

Ça m'a scié qu'elle me dise ça, je ne savais pas qu'elle connaissait mon prénom. D'habitude c'était : « Duval, tenez-vous tranquille. » En tout cas, ça m'a fait plaisir qu'elle soit là, c'était sympa de voir un visage connu tandis que les autres crachotaient dans des sortes de talkies-walkies.

Je n'avais pas mal, mais je n'ai pas osé regarder mon bras, je sentais qu'ils m'avaient collé un garrot autour du biceps parce que ça me serrait. Ce qui m'importait le plus, c'était ma mère, ils allaient la prévenir évidemment et j'avais peur qu'elle ne s'affole.

Je vous passe les détails parce que ça n'en finirait plus. Je me suis retrouvé à l'hosto, à l'Hôtel-Dieu qui était tout proche et là ça a été rapide, ils m'ont d'abord débarrassé du sang qui avait séché et j'ai vu la blessure pour la première fois. C'était une coupure nette qui devait faire deux centimètres à vue de nez, le genre de blessure que l'on obtient avec une lame étroite, comme un poignard.

C'est une toubib qui m'a recousu. Je n'ai rien senti, juste la piqûre pour l'anesthésie, après en avant pour le travail de couturière. Elle ne m'a pas dit grand-chose sinon que j'aurai une cicatrice mais ça, je m'en foutais complètement. Ce n'était pas gênant.

J'ai eu l'impression qu'elle avait envie de parler avec moi mais qu'elle n'osait pas et la raison c'était qu'il y avait un type dans le fond de la chambre où nous nous trouvions.

Il n'avait pas dit un mot depuis mon arrivée. J'ai même eu l'impression qu'il ne m'avait pas regardé une seule fois. Il fixait par la fenêtre le jardin intérieur de l'hosto et il jouait avec des pièces de monnaie dans sa poche. Je les entendais parfois tinter.

La toubib a laissé sa place à une infirmière aux cheveux rouges qui m'a fait un pansement sans desserrer les lèvres. Dès qu'elle est partie, le type a décollé du mur et est venu s'asseoir sur mon lit.

Je vais essayer de répéter exactement ce qu'on s'est dit sans en oublier et sans en rajouter. C'est lui qui a commencé. Il a même pas cherché à se tirer un sourire. A le voir, on pouvait penser que ça devait faire un demi-siècle que ça lui était pas arrivé

— Ça va ?

— Ouais.

On se regardait. J'étais encore sous le choc mais pas assez dans le cirage pour ne pas savoir qui il était.

Un flic.

C'était évident. Je me suis retrouvé blessé dans un lieu public avec affolement, appel des pompiers, hôpital, il ne manquait qu'un personnage au tableau : le flic.

C'était lui.

— On va essayer de ne pas perdre trop de temps. Qui t'a fait ça ?

C'était la question que je craignais parce que la seule à laquelle je n'avais pas la réponse.

— Aucune idée.

Il a changé de position et a continué à jouer avec ses pièces.

— C'est sympa de ta part de ne pas dénoncer ton agresseur mais ça ne va pas servir à grand-chose parce que de toute manière, on le saura.

— Je vous assure que...

— On va reprendre depuis le début.

Finalement, les films policiers à la télé sont proches de la réalité : dans la vie comme sur l'écran, leur truc c'est de ne jamais vous laisser finir vos phrases.

— Tu t'appelles Zéphyrin Duval, tu es élève de seconde B au lycée Jules-Ferry à Paris 18e. Tu participais avec ta classe et sous la conduite de ton professeur à une visite au Louvre. A un moment, tu t'es écarté du groupe et tu t'es retrouvé dans une salle un peu plus loin où l'un de tes camarades t'a retrouvé assis par terre avec une blessure au bras. Tu es d'accord là-dessus ?

Difficile de dire le contraire.

— C'est ça. Exactement.

Il a eu l'air satisfait.

— Très bien, alors maintenant il faut que tu me dises : qui t'a frappé ?

C'est là qu'on allait commencer à ne pas devenir copains. Si je lui disais que je n'avais vu personne, il allait mal le prendre et on pouvait le comprendre. Mais qu'est-ce que je pouvais dire d'autre ?

— Je me suis aperçu de rien.

Dans sa poche, les pièces ont continué à danser la sarabande. J'ai raconté la vérité. Je lui ai dit qu'à un moment, dans cette salle, je m'étais aperçu que j'avais du sang qui me coulait le long du bras mais que c'était tout, je n'avais vu personne.

Il m'a regardé comme si j'étais un serial killer d'envergure.

Il s'est levé et s'est approché de la fenêtre. Il me tournait le dos à ce moment-là et il a dit :

— Il y a bien dans ta classe un de tes copains avec qui tu as eu des embrouilles récemment ?

Je l'ai vu venir. Il me faisait le coup de la violence lycéenne. Gros titre dans les journaux le lendemain : « Un adolescent en poignarde un autre au cours d'une visite au Louvre », « Nouveau drame chez les ados », « Folie meurtrière chez les jeunes ».

Il est revenu vers moi.

— Tu ne vas pas me dire qu'on te file un coup de couteau dans le bras et que tu ne sais pas qui c'est ? Il y a deux solutions : ou bien tu me dis que c'est un gars de ta classe ou bien quelqu'un que tu ne connaissais pas. C'est l'un ou c'est l'autre.

J'ai été tenté de choisir sa seconde proposition. Comme ça il me foutrait la paix sinon il ne me lâcherait pas, mais je me suis cramponné.

— Je vous assure que je n'ai vu personne.

Il m'a regardé comme si j'étais un sac-poubelle et il a fait une dernière tentative.

— Réfléchis bien. Il existe de par le monde des millions de cinglés. Qu'il y en ait un qui se balade dans les musées en s'amusant à filer de temps en temps des coups de couteau aux touristes est quelque chose qui ne me surprend pas du tout. Il y a douze ans, j'ai arrêté un type qui avait pris l'habitude de pousser les gens sous les autobus. Ça m'a pris quand même trois ans de boulot. Si c'est le cas ici, si on a affaire à un maniaque, ton témoignage pourrait m'aider, même si tu ne t'es pas aperçu de grand-chose, si on t'a bousculé, si tu as remarqué quelqu'un, une couleur de veste, un détail, n'importe quoi.

— Je n'ai rien vu.

Je devais l'agacer mais j'avais décidé de ne pas mentir, quand on raconte des salades aux flics c'est l'engrenage, j'ai vu suffisamment de *Columbo* à la télé pour le savoir. Ces types ont de la patience et ils vous coincent toujours.

Je savais que l'idéal pour lui c'était que je lui dise : C'est Trudier, on s'est bagarrés à cause de Françoise Ménardier. Amour, vengeance, jalousie. Comme il a compris qu'elle lui échappait, qu'elle ne pouvait résister à mon charme invincible, il a essayé de me supprimer en tentant de m'éventrer avec son poignard, j'ai pu le désarmer après qu'il m'a blessé et généreusement, je l'ai laissé s'enfuir.

Il aurait jubilé, je lui réglais son problème d'un coup, malheureusement Trudier avait dû continuer à se passer des langues avec la gothique du week-end.

Quand maman est arrivée, il est sorti après un petit geste de la main qui pouvait passer pour un salut... On n'a pas eu le temps de parler beaucoup avec Jocelyne parce qu'un type en blouse blanche est entré et qu'il a dit que je pouvais partir. J'ai sauté du lit, je me sentais en pleine forme : j'avais perdu un peu de sang mais ce n'était pas énorme.

On est rentrés chez nous en taxi. Ça ne nous arrivait jamais, d'habitude c'était métro et marche à pied. Jocelyne n'arrêtait pas de me demander si ça allait et je lui répondais sans faire trop attention à ce que je disais parce qu'au milieu de tous ces événements, il y avait un visage qui surnageait et que je pouvais voir au-dessus des rives de la Seine que nous traversions, au-dessus des maisons qui défilaient derrière les vitres de la voiture, au-delà des nuages qui recouvraient Paris et qui n'allaient pas tarder à éclater en pluie, ce visage c'était celui de la fille aux yeux de rire, la fille du tableau.

Samedi

Pendant les trois jours qui ont suivi, ça a été la gloire.

Je pouvais pas sortir dans la rue ou m'approcher du bahut sans avoir trente personnes autour de moi. Même des filles de terminale qui sont des bêcheuses me regardaient comme si j'étais le fils naturel de Tom Cruise et de Julia Roberts.

— Vraiment, tu te rappelles de rien du tout ?

— De rien.

Elles n'en revenaient pas. Personne n'en revenait d'ailleurs.

Celle qui a pris le plus mal les choses, c'est la proviseure. Ça faisait pas de la bonne publicité pour lc bahut. Jusqu'à présent, elle était passée à travers. Elle l'avait proclamé un matin où elle était invitée à une émission de France Inter : « La vague de violence qui déferle sur nos établissements s'est arrêtée à notre porte. » Un vrai triomphe. Manque de pot, quinze jours après son intervention à la radio, un de ses élèves se faisait trouer pendant une sortie éducative. A tous les coups elle allait être convoquée par le recteur d'académie et tous les costards-cravates du ministère allaient la regarder d'un sale œil.

Elle m'avait dit deux mots lorsque j'étais entré. C'était dans les couloirs où elle se tenait toujours pour virer les bouffons qui se la jouaient iroquois ou dont les falzars étaient suffisamment bas pour dévoiler le calbar. C'était son ennemi numéro un ça, le calbar, dès qu'elle en voyait un, elle flinguait sec, retour à la case départ, son rêve c'était de nous voir avec la ceinture du pantalon sous le bras et si c'est possible avec des bretelles. Donc elle m'a souhaité la bienvenue, une phrase pas trop chaleureuse du style « J'espère que cette regrettable aventure ne vous empêchera pas de travailler », elle me matait en disant ça et je savais que son vrai message c'était « Je me serais bien passée de cette histoire dont mon instinct me dit que tu n'es pas innocent ». D'ailleurs elle avait appris depuis longtemps qu'il n'y avait pas d'élèves innocents, par principe.

Je me sentais drôle pendant cette période-là. Toute cette agitation autour de ma personne me gênait mais il y avait derrière tout cela quelque chose qui comptait davantage et je n'arrivais pas à comprendre pourquoi : le visage de la fille du tableau ne me quittait pas et diffusait en moi une chaleur, une sorte de fête inexplicable qui m'envahissait en permanence. Cela n'avait pas de sens : quelle consolation, quelle joie on pouvait tirer d'un portrait de nana aussi ancien ? Je n'osais même pas me poser la question.

Le troisième jour après ces événements, alors que je pensais que tout ça allait sombrer dans l'oubli, j'ai été convoqué à l'infirmerie. Normalement, j'aurais dû rentrer chez moi et en plus il n'y avait pas de raison, ma coupure cicatrisait bien et Jocelyne me refaisait le pansement tous les matins, je ne comprenais donc pas ce qu'il me voulait mais quand je suis entré, j'ai constaté que derrière le bureau ce n'était pas Babar qui s'y trouvait. Babar, à cause des oreilles, ce devait être les 6es qui l'avaient appelé comme ça, maigrichonne, pas loin de la retraite, une forcenée du cachet d'aspirine, elle soignait tout au cachet d'aspirine. Une colique ? aspirine, une cheville foulée ? aspirine, cancer généralisé ? aspirine, typhus ? aspirine, vous aviez chopé la pire espèce de peste bubonique mélangée à la lèpre purulente, aspirine. Bref, ce n'était pas elle qui occupait son bureau. C'était un type que je n'avais jamais vu. Une belle raie sur le côté, lunettes à triple foyer et pull à col roulé. Dents jaunes quand il a souri.

Il m'a tendu la main.

— Je suis psychologue.

Ça, on ne me l'avait pas encore fait mais j'aurais dû m'en douter. C'est très rare qu'il n'y ait pas quelque chose qui sorte un peu de l'ordinaire sans que vous en voyez surgir une escouade. J'avais le mien devant moi et je me suis assis tandis qu'il m'expliquait que je n'avais rien à craindre et qu'il était là pour m'aider, ce qui ne m'a pas tellement rassuré : quand ce genre de lascar cherche à vous aider, vous avez intérêt à vous tenir à carreau.

La dernière psy qu'on avait vue était venue en classe pour une information sur le sida, son grand moment fut celui où elle sortit le préservatif de son enveloppe. Elle aurait quand même dû répéter parce qu'elle a commencé par essayer de le dérouler à l'envers et que c'est resté coincé sur son tube de plastoc comme un bonnet de bain sur sa petite tête de gland. C'est évidemment Trudier, le roi de la quéquette à répétition, qui l'a remis dans le bon sens sous les applaudissements du public.

Mais à mon avis, celui qui était devant moi n'était pas là pour m'apprendre les joies du capuchon gambadeur, il devait s'agir de tout autre chose et je vais essayer de rapporter exactement le dialogue.

— Evidemment, tout ce que nous allons dire ici restera confidentiel. En tant que médecin, je suis tenu au secret professionnel donc tu n'as pas de crainte à avoir.

Je n'ai pas répondu parce que n'en ai pas vu la nécessité. Il a tripoté des objets qui étaient restés sur le bureau : un stylo, une paire de ciseaux, un rouleau de Scotch, des trombones, un tube d'aspirine et il a fini par lâcher :

— Est-ce qu'en ce moment tu as un canif sur toi ?

Sur le coup, j'ai pensé que c'était une drôle de question et j'ai répondu non, mais alors que j'allais lui demander pourquoi il a poursuivi :

— Pas de couteau-papillon ? Pas de lame quelconque ?

C'est là que j'ai compris. J'aurais dû y penser plus tôt. Il y avait une émission de télé là-dessus, le plus fort est que je l'avais vue et que ça m'avait fasciné. L'automutilation. Je me souviens de l'interview d'une fille qui racontait qu'elle aimait se couper, se faire des estafilades dans sa salle de bains. On la voyait sur l'écran montrer ses avant-bras, on aurait dit qu'une douzaine de chats en furie s'étaient précipités dessus... Elle utilisait des lames de rasoir mais d'autres prenaient des couteaux de cuisine, n'importe quoi. C'était horrible, j'étais resté écœuré et j'avais pensé que des gens qui faisaient ce genre d'émission devaient rechercher tous les cinglés possibles... La journaliste avait l'air de dire que c'était une occupation fréquente chez les jeunes. On se couvre de SMS, on se sape déjanté, on fume du libanais, on prépare le bac, on se massacre les avant-bras et on tchatche sur la toile. Rien de nouveau sous le soleil.

Et là, j'avais l'illumination soudaine : ce mec me prenait pour un automutilé. C'était logique, j'avais été blessé, j'avais dit que personne ne m'avait agressé, il ne restait qu'une solution possible et elle était évidente : je m'étais planté moi-même. On pouvait pas lui en vouloir de penser cela.

J'ai nié évidemment, mais il a tapé l'incruste.

— Tu n'as jamais tenté de te faire une scarification ? Même pour jouer ?

Je ne savais pas exactement ce que c'était qu'une scarification mais j'ai tout de suite pigé que ce n'était pas quelque chose que je pratiquais régulièrement. Ça a commencé par m'énerver sérieusement.

— Je n'ai jamais fait ce genre de truc et je ne le ferai jamais. Vous allez pouvoir vérifier par vous-même.

Je me suis levé et j'ai commencé à me déshabiller. J'ai cru qu'il allait m'arrêter dès le premier geste mais pas du tout, il m'a laissé opérer, j'ai enlevé pull, tee-shirt et quand j'ai été torse nu je me suis dit que puisque j'étais lancé et pour qu'il n'ait aucun soupçon j'ai également enlevé mon jean et il me stoppait toujours pas. J'avais dû tomber sur un amateur de strip-tease. Décidé à aller jusqu'au bout, j'ai alors glissé mes pouces dans l'élastique de mon slip pour le descendre quand il a dit :

— Ça va, ça va.

J'ai tourné sur moi-même pour qu'il m'examine bien, pour qu'il soit bien certain que j'étais pas couvert de cicatrices neuves et anciennes et je me suis rhabillé. Il m'a regardé faire, il y a eu un long silence et il a fini par soupirer :

— Très bien, très bien. Très bien.

Quelqu'un qui répète « très bien » par trois fois en jouant avec un rouleau de Scotch n'a strictement plus rien à dire, pas la peine d'avoir fait trente ans de psycho pour en arriver à cette conclusion.

Comme il devait avoir une vraie conscience professionnelle, il m'a posé quelques questions. Ça a donné ça en gros :

— Tu vis tout seul avec ta mère ?

— Oui.

— Vous vous entendez bien ?

— Pas du tout. Je l'ai poignardée avant de venir ici. Vous trouverez son cadavre à la cave.

Il a bien dû y croire dix secondes et ça l'a secoué. Le moral n'y était plus.

— Qu'est-ce que tu dirais de tes propres résultats scolaires ? Résume ton impression par un adjectif.

— Calamiteux.

J'ai pas eu de mal à trouver, c'était sur mon carnet la remarque résumant l'impression générale : « Résultats calamiteux ».

— Es-tu décidé à faire des progrès ?

— Depuis le cours préparatoire.

Il a hoché la tête. Manifestement, mon cas était désespéré. Il a poussé un soupir de psychologue et il m'a serré la main. L'entretien était terminé. Il avait l'air déçu.

Si j'avais été un louf qui se file de temps en temps des coups de couteau, histoire de mettre un peu d'animation dans sa vie, ça l'aurait bien arrangé, malheureusement pour lui, c'était pas le cas.

J'étais le dernier à sortir du lycée. Je me suis retrouvé sur la place Clichy et il était près de 19 h 30. J'ai pris le pont Caulaincourt pour rentrer chez moi où je pourrais prendre un repos bien gagné. C'est tout du moins ce que je croyais. J'avais tort.

Dimanche

J'avais pas fini de composer le code de la porte d'entrée qu'il était derrière moi. Je l'ai reconnu tout de suite. Comme il avait les mains dans les poches, je me suis demandé s'il jouait toujours avec des pièces de monnaie.

Ce type ne devait pas dépenser des sommes hallucinantes pour se saper, les flics sont peut-être aussi mal payés que les autres mais la parka qu'il portait devait dater du début du XXe siècle, à supposer que les parkas existaient à cette époque. Il avait des godasses qui manifestement prenaient l'eau. Rien à voir avec les keufs en Armani et Church des séries FBI.

Il avait un sac plastique sous le bras et j'ai hésité à lui filer l'adresse du Resto du Cœur le plus proche. Pas rasé en plus, je sais bien que c'est la mode, mais lui ça ne lui allait pas du tout. Si c'est George Clooney qui laisse pousser ça fait tendance baroudeur élégant mais avec lui ça fait clochard SDF, enfin ça doit faire partie des injustices de la vie.

Il m'a demandé si on pouvait discuter cinq minutes. C'était bien gentil de sa part, il n'était pas obligé de le faire.

Nous sommes entrés et je l'ai fait asseoir dans le salon. Il a eu l'air ennuyé parce qu'il avait plu et qu'il avait laissé des traces sur la moquette. Je ne m'étais pas trompé, ses pompes prenaient vraiment l'eau, il n'y avait qu'à les voir pour comprendre pourquoi.

Je sais que j'aurais dû faire comme dans les films, lui proposer un scotch et il aurait répondu : « Pas pendant le service », mais je n'ai pas eu le temps. Il m'a tendu le paquet qu'il tenait sous le bras.

— Ton blouson et ton pull-over.

C'étaient les pompiers qui me les avaient enlevés, ils avaient dû les remettre à l'hôpital et il était passé les récupérer.

— Fallait pas vous déplacer.

— Si.

Manifestement quelque chose le dérangeait, peut-être des problèmes avec sa digestion ou sa femme ou ses supérieurs mais ce qui était sûr, c'est qu'il avait des problèmes, et sérieux.

Il s'est penché vers moi.

— Vérifie si ce sont bien les tiens.

J'ai ouvert le paquet, c'étaient bien les miens. J'adorais le blouson surtout, je le portais depuis deux ans, c'était mon cadeau de Noël 2008. Il était chaud, plein de poches, ça m'embêtait toujours de ne pas pouvoir le mettre l'été. Ce n'était pas une marque connue mais je m'en foutais. Il y en a pour qui ça compte, mais pas moi.

— C'est bien mes affaires.

J'ai remarqué qu'il ne me lâchait pas des yeux.

— Tu remarques rien ?

Qu'est-ce que j'aurais pu remarquer ? Je l'ai examiné encore, la manche droite avait des taches brunes, du sang séché là où j'avais été blessé, c'était pareil pour le pull mais tout d'un coup j'ai compris ce qui travaillait Sherlock Holmes.

J'ai dû changer de visage parce qu'il a eu une sorte de sourire, enfin n'exagérons rien, ses lèvres ont bougé vers le haut de quelques millimètres.

— Je crois que tu viens de réaliser.

J'ai posé les fringues sur mes genoux et on s'est regardés.

— Vas-y, a-t-il dit, explique-moi ce que tu viens de remarquer...

J'ai vérifié encore. Il n'y avait pas d'erreur. J'ai avalé ma salive et j'ai dit :

— Il n'y a pas de trous dans la manche.

Il s'est redressé et son dos a touché le divan.

— Exact.

Il a semblé plus détendu, du coup il a fait glisser le zip de sa parka.

— Et tu expliques ça comment ?

J'en étais comme deux ronds de flanc et je n'ai rien pu expliquer.

— On a envoyé tes habits au labo, blouson et pull. Il y a eu une expertise rapide : les taches sur les deux manches sont bien du sang et c'est le tien. Mais ce que nous n'arrivons pas à comprendre, c'est que sur aucun des vêtements il y a la moindre trace de déchirure. Le sang provient de l'intérieur, il a traversé la laine du pull-over puis l'étoffe du blouson. Comment tu expliques ça ?

Il ne m'a pas laissé le temps de répondre.

— Il y a une solution et tu vas me dire ce que tu en penses : à un moment, au cours de la visite tu as eu chaud, tu as enlevé d'abord ton blouson et ensuite ton pull-over. Tu as pris un coup dans le bras et tu les as remis avant de t'évanouir. Qu'est-ce que tu en penses ?

— C'est idiot.

— Je suis d'accord avec toi.

Bien sûr, c'était pire qu'idiot. A la rigueur, j'aurais pu me balader en pull-over à travers le musée mais je me voyais pas marcher en tee-shirt à travers les salles, d'autant plus qu'il ne faisait pas particulièrement chaud ce matin-là, les gens autour de moi étaient habillés comme on l'est en hiver, manteaux déboutonnés, écharpes dénouées mais c'était tout.

Mon visiteur a tourné les mains dans ses poches et j'ai pensé qu'il allait reprendre son petit jeu avec les pièces de monnaie

— J'ai pensé à une autre solution.

Décidément, ce flic pensait beaucoup. Je n'ai pas eu le temps de lui demander laquelle qu'il enchaînait :

— Tu avais cette coupure au bras depuis un jour ou deux, elle avait cicatrisé et elle s'est rouverte d'un coup. Qu'est-ce que tu en penses ?

— Ça ne s'est pas passé comme ça. J'avais pas de coupure avant d'entrer au Louvre.

Il a hoché la tête.

— On est d'accord là-dessus. Ce n'est pas la bonne réponse à la question.

Il a ajouté :

— J'en suis sûr parce que j'ai interrogé la toubib qui t'a recousu.

Décidément, ce type était un méticuleux, il vérifiait tout.

— Elle a précisé que la blessure était fraîche, qu'elle datait de moins de deux heures.

Le silence s'est installé, c'est moi qui l'ai interrompu.

— Je peux vous poser une question ?

En général au cinéma le flic se renfrogne quand il entend ça et il dit : « Non, c'est moi qui les pose », mais il m'a fait un signe de tête affirmatif

— Pourquoi vous vous intéressez tellement à moi ?

Il a joué avec le zip de sa parka.

— Parce que j'aime bien comprendre. J'aime pas quand les choses m'échappent.

Je pouvais être d'accord avec lui sur ce point. Ses yeux sont devenus rêveurs et il a continué :

— D'habitude, je traite des affaires sans surprise : des dealers qu'on retrouve saignés sous le périphérique, des gangs qui attaquent des agences bancaires, des rackets minables, des voleurs à la tire, des pickpockets, bref la routine. Avec toi, ça me change. Il y a du mystère dans ton cas. Et puis si quelqu'un t'a vraiment attaqué, si quelqu'un s'amuse à planter des visiteurs dans les musées ou ailleurs, je ne vais pas le laisser courir, c'est mon rôle de l'arrêter.

C'était la première fois qu'il parlait aussi longtemps. A ce moment-là, je l'ai trouvé presque sympathique et j'ai eu envie de me confier à lui. Je ne l'ai pas fait parce que j'ai eu peur qu'il me trouve ridicule et, en fait, ça l'était. Si j'avais obéi à mon intuition, je lui aurais avoué que d'une façon absolument inexplicable j'avais la conviction que ce qui m'était arrivé était lié d'une manière ou d'une autre au tableau du fond de la pièce, celui de la fille à la fraise de dentelle. Je ne l'ai pas fait parce qu'il n'aurait pas manqué d'appeler un psychiatre à la rescousse ou même de téléphoner en urgence à l'asile de fous.

Il est parti en laissant de nouvelles traces de ses semelles cannelées et j'ai pensé que Jocelyne ne tarirait pas de compliments sur le comportement de la police judiciaire qui pouvait quand même s'essuyer les pieds avant d'entrer. C'est d'ailleurs ce qui s'est produit. Jocelyne était crevée et c'est moi qui me suis occupé du dîner. Enfin n'exagérons rien, j'ai fait des nouilles. Ça nous arrive assez souvent. En moyenne quatre fois par semaine mais on s'en fout, on aime ça. En plus elle m'a expliqué que, contrairement aux idées reçues, ça ne fait pas grossir et ça donne du punch. Elle a lu un jour dans un magazine qu'avant de disputer la Coupe Davis les tennismen en mangeaient. Elle ne savait pas si le vainqueur était celui qui en mangeait le plus mais le fait est là. D'ailleurs, on avait pris l'habitude quand c'était prêt et que l'un d'entre nous versait les pâtes dans les assiettes de crier pour prévenir l'autre : « Balle de match » ou « Premier service » ou « Tie-break » ou « Avantage Zéphyrin » ou « S'il vous plaît messieurs-dames, un peu de silence pour le confort des joueurs » ou « Let, deux balles », etc., etc.

On a mangé rapidement, je lui ai raconté la visite de l'homme aux souliers percés et elle a commencé à corriger ses copies. Il faut dire que j'ai toujours vu Jocelyne corriger des copies. Ça fait partie d'elle, elle a les yeux marron, la trouille de grossir, une fossette sur la joue droite et un paquet de copies. Si vous voyez une femme de 42 ans avec toutes ces caractéristiques mais pas de paquet de copies, vous pouvez être certain que ce n'est pas elle.

Je me suis couché assez vite et je ne suis pas arrivé à bouquiner quatre lignes à la suite du *Neveu de Rameau*, j'allais pas encore briller le lendemain en classe de français avec Esméralda la Sarcastique. J'allais y avoir droit : « Alors, quelle judicieuse remarque monsieur Duval a-t-il dégagé de son texte ? »

Esméralda à cause d'une jupe rouge qui lui donnait l'air espagnol.

En fait, elle est née à Tourcoing.

Je rêvassais dans mon lit et je ne sais pas pourquoi, la décision s'est imposée à moi. Ça c'est produit d'un coup, c'était net et sans bavures. Il fallait que j'y retourne. Il fallait que je la revoie.

Je me suis redressé et calé dans les oreillers. J'avais une impression très forte : comme si j'avais vraiment un rendez-vous avec quelqu'un de vivant et qui m'attendait.

J'ai oublié de mentionner qu'avant de partir, en plus de la trace de ses semelles, mon flic avait laissé sa carte : numéro de téléphone et nom. Il s'appelait Marc Poulot. Pas poulet, Poulot. Facile à se rappeler.

Lundi

Ce fut un étrange samedi.

D'abord j'ai dû raconter des salades à Jocelyne, j'ai dit que j'allais travailler les maths chez Gilles. C'est un peu comme si j'allais prendre des leçons de piano chez un manchot mais enfin, elle a eu l'air de me croire. Pour une fois que j'allais passer un après-midi à travailler, elle n'allait pas faire la fine bouche. J'ai pris le métro et suis descendu à Louvre-Rivoli. Il y avait un monde fou dans les rues. Sous les arcades, c'est un coin à touristes, des Japonais à caméra, des Allemands, tous les pays du monde. Beaucoup de boutiques pourries bourrées de tours Eiffel et de Sacré-Cœur. Tout un bazar à 4 euros.

Je ne sais pas pourquoi mais je n'étais pas complètement rassuré.

Qu'est-ce que je risquais ?

Il y avait une chose dont je n'avais parlé à personne, c'est le malaise que j'avais ressenti dès mon entrée dans la salle, mais en fait je n'étais plus sûr de rien, cela s'était passé très vite, trop vite.

Il y avait la queue devant la pyramide qui sert d'entrée au musée, une queue qui zigzaguait sur l'esplanade. Je m'y suis faufilé et je me suis aperçu que j'étais habillé exactement de la même façon que lors de ma dernière visite. Maman avait fourré tout ça à la machine à laver et je me retrouvais dans les mêmes fringues.

Il y avait trois Chinoises devant moi qui pépiaient dur. Assez jolies quand on aime les coiffures au bol, les socquettes, les jupes plissées et les filles en dessous d'1,40 mètre. Gilles aurait dit qu'elles étaient cool. Pas de surprise, tout est toujours cool pour Gilles. Le monde se divise en deux catégories : le cool et le pas-cool. Deux sortes de gens : les cool et les pas-cool, deux sortes d'événements : des pas-cool et des cool. Un jour je lui ai demandé ce qu'il pensait de ses parents. Il m'a dit qu'ils étaient cool. Avec ça, on est renseigné. Quand on creuse un peu, on arrive à lui faire dire qu'il y a une différence importante entre son père et sa mère : l'un est plus cool que l'autre mais à part ça, ça reste cool. D'ailleurs si on est copains depuis pas mal de temps c'est pour une raison simple : je suis cool. Comme lui aussi, pas d'histoires : entre cool on se comprend. Enfin quand je dis qu'il est cool c'est pas si simple que ça, il y a un domaine où il est pas cool du tout, c'est les filles. Alors là, ce serait plutôt la folie absolue. Il y a des moments où je sens qu'il pense plus qu'à ça. Ce qui complique la chose, c'est qu'il n'a aucun succès. C'est pas faute de s'agiter, de se lancer, de faire du rentre-dedans, de jouer les marrants, les à la page, parfois il me fait honte tellement il se démène, j'ai peur qu'il s'écroule de fatigue tant il est frénétique. Les nénettes rigolent, ça les amuse mais jusqu'à présent, il n'y en a pas eu une pour se laisser embarquer.

Si.

Il y a eu Mauricette.

En fait, c'est grâce à Mauricette qu'on s'est connus, Gilles et moi. C'était l'année dernière, le jour de la matinée scolaire à la Comédie-Française.

Le père Frontineau nous avait embarqués voir *Le Cid*.

Ça a été la crise.

Chimène ça allait, mignonne et désespérée. Il faut dire qu'il y a dc quoi, elle va se marier, tout roule dans l'huile et crac, Rodrigue le fiancé dézingue son père. Léger inconvénient.

On était tous dans les hauteurs, au trentième balcon, et en plus Mauricette s'était assise entre Gilles et moi alors que d'habitude on est toujours à côté l'un de l'autre pour pouvoir un peu déconner.

Et à un moment arrive le Roi avec sa couronne dorée. Je me penche et je dis à Gilles par-dessus Mauricette : « C'est le Roi qui a gagné la fève. » Il faut dire qu'ils auraient pu lui trouver autre chose, ça faisait vraiment couronne en carton de chez le boulanger. Du coup Gilles se marre et dit :

— Cool.

Mauricette qui a entendu rigole aussi et je sens Esméralda derrière nous qui commence à s'agiter.

Bien sûr on avait fait le texte en classe, étudié et réétudié parce qu'avec Esméralda fallait pas se contenter de survoler les classiques. C'était son expression ça, elle la ressortait presque à chaque fois : « On ne survole pas, on creuse. » On creusait donc et ce qui m'a scié, c'est l'arrivée de Rodrigue. Alors là, j'avais jamais pensé à un Rodrigue comme ça, maigrichon comme pas permis, toujours à marmonner entre ses dents et à avoir la tremblote, une vraie catastrophe. Certain que les Maures allaient n'en faire qu'une bouchée. A l'entracte, Esméralda nous a expliqué que l'acteur le jouait intérieur, plus traumatisé que glorieux. J'ai fait remarquer que tout de même fallait pas charrier et qu'il aurait dû nous prévenir que le Cid avait chopé la maladie de Parkinson. On a rejoint nos places et en fait ça s'est passé à ce moment-là, quand ça discute dur entre l'infante et sa suivante, passage un peu longuet si je puis me permettre, c'est là j'ai senti la main de Mauricette.

J'ai cru un quart de seconde que j'avais une souris qui m'était grimpée sur le genou et qui crapahutait en douce le long de ma cuisse. C'était pas très futé de penser à ça vu que les souris ça ne doit pas pulluler à la Comédie-Française, ou alors c'est à désespérer de tout et à se demander où passent nos impôts, et évidemment j'ai pas eu trop d'effort à faire pour comprendre que c'était la main baladeuse de Mauricette Pagnelève.

Heureusement que je connaissais l'histoire parce que c'est pas sûr que j'aurais pu suivre ce qui se passait sur la scène, d'autant que Rodrigue continuait à trembloter et à marmonner tout seul sans s'occuper des spectateurs.

Bref, je vais pas rentrer dans les détails parce que c'est quand même pas un journal porno que je suis en train d'écrire... D'ailleurs je ne sais plus très bien pourquoi je raconte tout ça.

Ah oui, c'est pour expliquer pourquoi on est devenus copains avec Gilles. Au retour, dans le métro, il avait l'air excité comme un pou, c'est alors qu'il s'approche de moi et me dit :

— Tu devineras jamais ce qui m'est arrivé pendant la pièce !

Il tombait mal.

— Mauricette Pagnelève t'a posé une main sur la cuisse.

J'ai cru qu'il allait tomber par terre. Il avait des yeux comme dcs billes.

— Comment tu le sais ?

— Parce que moi aussi.

Alors là il a fallu qu'il se cramponne à la barre de soutien.

— Toi aussi ?

— Moi aussi.

— Mauricette ?

— Mauricette.

Il a digéré l'information et a conclu rêveusement :

— Ça alors, c'est vachement cool.

Du coup, il est sorti tout un trimestre avec la Pagnelève. Comme au départ on était deux à égalité sur le coup, on avait discuté pour savoir qui serait l'élu. Je lui avais dit d'y aller franco, que moi elle ne me tentait pas et c'était vrai, on peut même dire que je la trouvais un peu moins que nulle côté physique. Pour essayer de la décrire, c'est assez simple, si vous voyez Sharon Stone eh bien vous pouvez vous dire que c'est exactement l'inverse. Vous ajoutez deux couettes, un sac d'Haribo dans le cartable et vous avez le portrait exact.

Du coup ça nous a rapprochés Gilles et moi, le fait que je lui ai laissé la place a dû me rendre sympathique à ses yeux.

J'ai progressé dans la queue et pu prendre mon billet.

J'ai fait un tour avant de me rendre à mon rendez-vous. Je ne sais pas trop bien pourquoi. J'avais à la fois envie d'être dans cette salle où se trouvait le tableau et, quelque part, j'avais quand même la trouille. Est-ce que quelque chose allait se produire de nouveau ? Est-ce que le sang allait se remettre à couler le long de mon bras ? Est-ce que le plancher allait recommencer à se mettre à onduler ? Une chose me rassurait : c'était la douceur du visage représenté sur la toile. J'avais l'impression que cette fille d'un autre siècle me protégeait. Elle allait veiller à ce que rien de grave ne m'arrive cette fois...

Je suis presque retombé par hasard sur le département de la peinture flamande. Cette fois, je ne pouvais plus reculer. J'étais venu pour elle, il fallait y aller.

Je me souviens que j'ai pris ma respiration comme un nageur en haut du grand plongeoir, comme un champion s'élançant pour un saut à ski, comme un acteur entrant sur scène. J'avais quatre pas à faire, je les ai franchis et je suis entré dans la salle.

J'avais conservé le regard baissé vers le plancher comme pour ralentir l'instant où je la retrouverais, un peu comme un gosse qui s'attend à une joie et qui la retarde pour pouvoir mieux en profiter.

J'ai levé les paupières vers le mur du fond tout en m'avançant.

Juste devant moi se tenait le portrait d'une femme en noir.

Elle était assise dans un jardin, un lévrier à ses pieds. Elle buvait dans une carafe de cristal un vin blanc qui brillait comme de l'or. Au-dessus de sa tête on devinait une ville, le ciel était bas, tourmenté.

Je m'étais trompé de salle, c'était évident.

Je suis retourné sur mes pas mais je savais déjà que je n'avais pas fait d'erreur. Il y avait quatre salles consacrées à l'école flamande. Pas une de plus.

Je les ai parcourues dix fois toutes les quatre. Vingt fois.

J'ai examiné tous les tableaux un par un. Il n'y avait pas de doute à avoir : elle avait disparu.

Je n'avais pas rêvé. La femme en noir avait pris sa place.

Mardi

— Alors, on revient sur les lieux du crime ?

Je me suis retourné brusquement vers l'homme qui avait parlé derrière moi. C'était un petit gros, souriant. Costard sombre, cravate sombre, un badge à la boutonnière, un gardien ou tout au moins un surveillant

— Vous me connaissez ?

— Je vous reconnais. C'est votre copine qui est venue me chercher et c'est moi qui ai appelé le service de sécurité et les pompiers. Comment ça va ?

Il avait l'air gentil. Cool aurait dit Gilles, pas du tout la tête du type qui espionne chaque visiteur en pensant qu'il va se tirer avec *La Joconde* sous le bras.

— Ça va bien.

Il a fait une grimace.

— Ça n'a pas l'air...

J'étais embarrassé, car j'étais certain qu'à un moment ou un autre il allait me demander pour quelle raison j'étais revenu. Alors j'ai décidé de prendre les devants.

— Je suis revenu pour voir un tableau.

— Lequel ?

— C'est justement le problème, je ne le trouve plus. C'était un portrait. Un portrait d'une fille. Dans les 15-16 ans. Il se trouvait là, à la place de celui-ci.

J'ai montré du doigt la femme en noir qui buvait du vin blanc.

Le petit gros a hoché la tête.

— Vous ne vous êtes pas trompé. Regardez bien cette femme.

Je me suis approché un peu plus. On devinait des rides autour de la bouche, sous les yeux, le menton était empâté. Rien à voir avec la jeune fille à la fraise.

— Alors, vous la reconnaissez ?

Je n'ai pas compris ce qu'il voulait me dire.

— Qu'est-ce que je dois reconnaître ?

Il a froncé les sourcils comme s'il allait se fâcher.

— Vous ne vous apercevez pas que c'est la même ?

J'étais sidéré.

Il a haussé les épaules et a conclu très naturellement.

— Ça arrive assez souvent que sur certaines toiles les personnages vieillissent. En l'espace de quelques jours, votre nana a pris trente ans et s'est mise à l'alcool.

J'étais tombé sur le rigolo de service et je me suis senti soulagé. On a ri ensemble, j'ai dû me forcer un peu mais il avait l'air tellement content de sa bonne blague que je n'ai pas pu lui dire que ses vannes étaient un peu lourdes.

Et puis, sans que je lui demande, il m'a donné l'explication, il m'a appris qu'au hasard des expositions les musées se prêtaient des œuvres, et pour ne pas laisser d'espaces vides on remplaçait les tableaux partis par d'autres puisés dans les réserves.

Comme une grande, ma nana du temps jadis était partie en voyage. Je lui ai demandé où elle était allée et quand elle reviendrait. Il était tout content d'étaler sa science et il m'a appris la nouvelle.

— Elle est partie avec quatre autres à Angers pour trois mois. Je peux même te dire le titre de l'expo : « L'art du portrait dans l'école d'Anvers au XVIIe siècle ». Il y aura des œuvres en provenance d'Amsterdam et de New York.

Ce n'était pas demain que je reverrais la demoiselle... A moins que...

— Vous savez le nom du tableau, celui du peintre ?

Son sourire s'est élargi et il a eu un geste large vers les murs qui nous entouraient.

– Si je devais savoir tous les noms des types qui ont barbouillé toutes ces toiles et ceux des personnages représentés, ma tête aurait éclaté depuis longtemps.

— Je vais trouver, dis-je, Internet va me dire ça.

— Je crois que c'est la meilleure solution.

On s'est serré la main comme de vieux copains et au moment où j'allais tourner les talons, il a demandé :

— Au fait, qu'est-ce qu'il t'est arrivé exactement ?

— Exactement je ne sais pas, mais je pense que quelqu'un m'a heurté et j'ai pris un coup avec un objet métallique, une armature de sac ou de sacoche...

Il a hoché la tête.

— J'ai lu l'article dans le canard.

Ce n'était pas vraiment un article, quelques lignes dans la rubrique des faits divers : un lycéen blessé au Louvre au cours d'une visite scolaire. Il n'y avait pas de quoi en faire le *Da Vinci Code*. Mon nom n'était pas mentionné mais celui du lycée, oui.

Je suis sorti avec un sentiment de déception épouvantable. Comme si j'avais manqué un rendez-vous avec la femme de ma vie.

Je me suis retrouvé sous la pyramide, il y avait du soleil et c'est là que deux vérités me sont apparues. La première c'est que dans dix jours c'étaient les vacances de février et la seconde c'était qu'Angers n'était pas complètement au bout du monde. Je ne savais pas d'ailleurs exactement où, mais au bout du monde certainement pas, et puis même si ç'avait été le cas ça m'empêcherait pas d'y aller quand même.

En plus, ce qui pouvait faciliter les choses, c'est que j'avais quelques économies. C'était pas le Pérou mais ça devait bien monter à une centaine d'euros. C'est mon tonton, le frère de Jocelyne. De temps en temps, il se rappelle qu'il a oublié mon anniversaire. Ça peut arriver quinze jours ou trois mois plus tard. Il me téléphone alors et m'envoie un chèque. Un anniversaire, c'est compréhensible qu'on oublie mais c'est la même chose pour Noël. Je reçois du fric en général entre février et mars. Au début, j'étais étonné, je me demandais pourquoi il m'envoyait de l'argent

— C'est pour le Noël.

— Mais on est le 15 mai.

— J'avais oublié.

Du coup, j'ai pris l'habitude d'en garder un peu et j'ai bien fait : ça pourrait me payer le train sans avoir à taper Jocelyne qui a des oursins dans le porte-monnaie. Cela fait un paquet d'années qu'il me file du blé. Avant c'était horrible, il achetait n'importe quoi. A 10 ans, j'ai eu droit à une panoplie de CRS. Ça a fait plaisir à ma mère qui est toujours au premier rang des manifestants quand il y a une grève de l'Education nationale. Je dois avoir une dizaine d'ours en peluche dans le placard. D'une année à l'autre, il ne se rappelait pas qu'il m'en avait déjà offert un.

Je l'aime bien le tonton. J'ai dit à Jocelyne que c'était dommage qu'il vieillisse parce qu'un jour il ne se souviendrait même plus qu'il avait un neveu. Elle a ricané et m'a dit que vieux ou pas il avait toujours été comme ça, quand ils étaient enfants et qu'ils partaient ensemble faire les courses il la perdait chaque fois. Il rentrait et on lui demandait : « Où est ta sœur ? » Il ne le savait jamais et il prétendait même qu'il ne se rappelait pas être parti avec elle. Tout juste s'il se souvenait être le frère de quelqu'un.

Enfant, je l'appelais Tonton Oublitou. Ça le faisait rigoler. Champion du monde des étourdis. Un de ses records remonte à trois ans. J'avais donc 12 ans. Jocelyne lui avait dit que côté ours en peluche j'avais tout ce qu'il me fallait et que de toute manière elle avait remarqué que je ne jouais plus beaucoup avec. Que c'était assez rare d'une façon générale, et qu'à cet âge-là les garçons et même les filles ont tendance à penser à autre chose. Lorsqu'ils continuent à tripoter un jouet à longueur de journée, il vaut mieux les orienter vers des établissements spécialisés. Donc, elle lui apprend que les ours, c'est râpé pour moi et même depuis longtemps. Il lui demande alors ce qu'il doit acheter. Jocelyne, qui est assez futée, pas toujours mais ça lui arrive, craint le pire, il va évidemment taper à côté avec ce don inné qu'il a de manquer la cible et je vais me retrouver avec une dînette ou un train électrique dont je me fous éperdument. Elle lui dit alors de me donner de l'argent et que je saurais bien quoi en faire, qu'elle surveillera de façon à ce que je n'achète pas 200 kilos de rouleaux de réglisse. J'adore les rouleaux de réglisse. Ou des DVD dans la collection Extase et Fanfreluches.

Bref, le jour de Noël il arrive, il tente d'ouvrir une huître, on court à la pharmacie pour chercher des pansements parce qu'il parvient avec un seul couteau à se blesser aux deux mains et, quand tout rentre dans l'ordre, il me file une enveloppe en m'expliquant que j'étais grand maintenant, que j'abordais un âge intermédiaire entre l'enfance qui s'achève mais pas tout à fait et l'adolescence qui ne commence pas encore et, au bout de dix minutes, il a endormi tout le monde. Je l'embrasse : « Merci Tonton pour le cadeau », et on commence à manger les huîtres que maman a ouvertes sans une égratignure. On discute, on s'amuse et pendant tout le temps du repas je pense à ce que je vais me payer avec mon pognon, que je pense répartir entre BD, consoles de jeu et chaussettes.

On se tape la brioche et sur le coup de 4 heures du matin il s'en va. On se demande toujours s'il arrivera à rentrer chez lui, parce que ça surprend toujours qu'il se rappelle de son adresse. Et c'est là que le drame commence.

J'ouvre mon enveloppe. Il n'y a rien dedans.

Maman qui surveillait les opérations pousse un long soupir de désespoir, me regarde et se met à rire. Elle m'avouera plus tard que mon enveloppe ouverte à la main, elle n'avait jamais vu une tête humaine aussi stupéfaite que la mienne.

Le lendemain, il m'a envoyé 200 euros par mandat. Ça m'a remonté le moral.

Mais attention, faudrait pas se tromper. Tonton Oublitou n'est pas monsieur Tout-le-monde. Dire ce qu'il fait exactement, je ne saurais pas trop. Il voyage dans le monde entier, ce qui lui permet de se tromper d'avion assez souvent. En fait, il donne des conférences dans des universités, des sujets très compliqués. Je n'ai jamais pigé vraiment, c'est en gros sur les rapports entre le temps et les mathématiques. Il a enseigné quatre ans dans une université américaine. C'est un savant.

Encore une nouvelle digression. Pourquoi est-ce que j'ai raconté des histoires sur mon oncle alors qu'il n'a rien à voir avec tout ce qui m'arrive ? Reprenons le fil du récit, comme dit le prof de français, sinon on ne s'en sortira jamais.

A peine arrivé, j'ai ouvert l'ordinateur. Je ne suis pas un cador comme Gilles et quelques autres dans la classe mais enfin je sais m'en servir. J'ai utilisé Google et ça n'a pas traîné, j'ai cliqué comme un malade et les tableaux du Louvre section art flamand ont commencé à défiler sur l'écran.

Je ne sais pas pourquoi mais j'appréhendais de la revoir. Et si quelque chose de nouveau allait se produire ? J'étais chez moi, seul, assis devant le bureau, toutes portes fermées, rien ne pouvait m'arriver et pourtant je sentais mon cœur battre jusque dans mes oreilles. Il tapait plus fort que d'habitude.

Les reproductions défilaient de bas en haut : les grands ciels gris, les paysans, les villages, les troupeaux de vache sous l'orage, des bourgmestres à moustache...

Et soudain elle est apparue.

Ma respiration s'est bloquée. Je me suis penché vers l'écran.

Elle avait toujours le même rire dans les yeux. Je me suis redressé lentement et nous nous sommes regardés longtemps.

Mercredi

Jacob Van de Johnen.

C'était le nom du peintre.

Il était né à Anvers en 1578 et mort en 1661 à Amsterdam.

Après sa date et son lieu de mort, il y avait un point d'interrogation ce qui signifiait qu'on était vraiment sûr de rien.

Comme la plupart des peintres de son temps – c'est ce qu'expliquait l'article qui lui était consacré –, il avait peint des paysages de sa région natale. On voyageait pas à l'époque. Mais pour gagner sa vie il peignait sur commande les portraits des nobles ou des bourgeois les plus fortunés de la région. On devait ainsi à ce brave Jacob des scènes de famille en particulier celle des Van Tylen, riches marchands de drap des environs de Leyde. Cette toile de 2 mètres sur 1,30 mètre se trouvait actuellement à la Pinacothèque de Munich. Le Louvre possédait de lui deux paysages, des bords de rivière et le portrait d'une jeune fille. L'envers de la toile portait une inscription à la plume : Elisabeth D.

Un prénom. Une initiale.

C'était un renseignement un peu limité.

Elle devait appartenir à une famille de rupins et avait posé dans sa plus belle robe pour le barbouilleur de service. En fait, tout cela ne m'avançait pas à grand-chose sinon que je pouvais contempler son visage autant de temps que je le voulais et que je savais son prénom.

Elisabeth.

Je me souviens que la nuit s'est mise à tomber et la pluie avec.

Le cafard est venu.

Qu'est-ce que je fabriquais à essayer de connaître la vie d'une nana morte trois siècles plus tôt ? Qu'est-ce que c'était que cette histoire de tapés ?

Même cette décision de partir pour Angers me paraissait maintenant complètement imbécile. J'allais retrouver le tableau original, et alors ? A quoi cela m'avancerait-il ? Je finissais par croire quc j'étais un peu dérangé et que je me racontais des histoires.

Pourtant il y avait quelque chose que je n'avais pas inventé : j'avais bel et bien été blessé sans raison, alors qu'il n'y avait strictement personne dans la salle.

Je m'étais suffisamment repassé le film pour en être sûr. S'il y avait eu quelqu'un près de moi ou derrière moi je m'en serais aperçu, j'en étais certain. Alors ?

Eh bien, alors le mystère restait intact.

Mon flic, celui qui m'avait interrogé, était aussi intrigué que moi et pataugeait autant. Ça me le rendait presque sympathique. Il avait senti que quelque chose dans tout ça était inexplicable et ça devait lui filer des migraines. J'ai pensé que je ne tarderais pas à le revoir.

C'est à ce moment-là que Maman est arrivée.

J'ai éteint l'ordi après un petit salut de la main vers Elisabeth D. et j'ai rejoint Jocelyne dans le salon.

On a mangé des nouilles. Je suppose que ça doit laisser le lecteur stupéfait. C'est moi qui les ai fait cuire pendant qu'elle pédalait sur son vélo d'appartement.

Tous les soirs dix minutes. Ça fait des années que ça dure, le but de ce pédalage porte un nom : la ligne.

Ma mère court après sa ligne depuis toujours. Elle ne l'a jamais rattrapée. J'ai longtemps considéré la ligne comme étant une concurrente montée sur son vélo qui roule toujours devant et qu'on ne rejoint jamais. Quelquefois, je fais remarquer à Jocelyne que si elle veut avoir une chance de l'atteindre elle devrait freiner sur les chocolats. Elle m'explique alors que je n'y connais rien, que je ferais mieux de réfléchir avant de parler et que je devrais savoir à mon âge que le chocolat ne fait pas grossir, que c'est un calmant pour les nerfs, un bienfait pour la santé, qu'elle a des copines qui font des régimes à base de chocolats fourrés et que ce sont de vrais mannequins et que si elle-même est toujours un peu enveloppée, c'est peut-être qu'elle n'en mange pas assez. Elle est capable dans ces moments-là de raconter n'importe quoi pour pouvoir se gaver.

Tout en surveillant la casserole dont l'eau était en train de bouillir, je me suis mis à faire de la philosophie.

C'est pas courant mais ça m'arrive de temps en temps.

Je me suis dit que ce qui serait vraiment idiot, c'est qu'une femme qui est faite pour un homme, celle qui serait vraiment pour lui, qui est la femme de sa vie, bref que ce serait un méga manque de bol qu'elle ne vive pas à la même époque que lui. Lui c'est un type du XXIe siècle et elle, une nana du XXIIe ou qui a vécu au XVIIe.

Ça, c'est un coup dur et c'est peut-être ce qui m'arrive.

On ne fait pas attention à ça, le type monte dans l'autobus un jour de 2010 et il rencontre une fille qui a en gros son âge à quelques années près et ils tombent amoureux, mais est-ce que c'est vraiment la bonne ? Est-ce que c'est vraiment le bon ?

Je suis sûr que la plupart des gens se trompent. Le garçon croit que c'est elle et pas une autre, et en fait la fille qui était vraiment pour lui, celle qui lui était destinée elle a vécu en plein Moyen Age, au temps des châteaux forts et des chapeaux pointus pour les dames. Alors évidemment, faut pas s'étonner si six mois après ils se quittent, ça explique les séparations, les divorces... Elle croyait que le grand amour de sa vie c'était le voisin du dessus et pas du tout, sa vraie moitié, elle est morte à Waterloo pendant la bataille.

De réfléchir à ce problème ça m'a fait oublier l'eau des nouilles qui a débordé et pourtant j'étais devant. Mais il y avait de quoi être désespéré de se dire que les vrais amoureux ne sont pas tous de la même époque. Ce qui est consolant c'est évidemment de se dire qu'ils ne le savent pas, personne ne viendra vous dire : la vraie femme qui était faite pour moi était copine avec madame de Pompadour, alors j'ai épousé Lucette qui bosse dans la même usine que moi. Ce genre de choses n'arrive jamais.

Sauf dans mon cas.

Je sais qu'on aurait eu une histoire tous les deux avec Elisabeth et que je ne l'aurais jamais su si je n'étais pas allé au Louvre ce jour-là.

Je ne sais pas encore si c'est de la chance ou de la malchance.

A mon avis, ça ne peut que me rendre malheureux, peut-être que toutes les filles que je rencontrerai dans le futur me paraîtront moches comparées à elle. Peut-être que je ne ressentirai plus jamais rien.

Pendant que je pensais à tout ça, Jocelyne m'a raconté sa journée en rajoutant 1,5 kilo de gruyère râpé dans son assiette. Elle appelle ça « saupoudrer », en fait elle mange du fromage aux nouilles.

Elle a plongé dans sa grande lamentation quotidienne sur le niveau de ses élèves. Je n'ai peut-être pas encore dit qu'elle était prof. Pas dans le même lycée que moi. Heureusement, je ne l'ai jamais eue. Il vaut mieux dans la vie éviter les risques de se faire massacrer. Elle a des méthodes qui me font froid dans le dos. Un jour, un de ses élèves de 2de met ses deux pieds sur sa table, des baskets dégueues et quand elle lui demande de les enlever, il trouve ça anormal l'abruti. Elle lui a fait descendre les escaliers jusqu'au bureau du proviseur en le traînant par l'oreille. Comme il faisait 1,90 mètre et elle 165 centimètres, on pense d'abord que c'était impossible. Pas pour Jocelyne, elle y est arrivée. Il y a des moments où je suis assez fier d'elle.

En tout cas aujourd'hui, c'était l'orthographe. Alors ça, c'est son dada. Les candidats au bac qui se gourent dans les participes passés ça la renverse, ça lui donne des crises de foie, pas de S au pluriel et elle frise l'infarctus.

Je la laisse déblatérer et je fais oui-oui avec la tête en pensant à mon voyage à Angers. J'ai vérifié tout à l'heure : un TGV direct, en une heure et demie j'y suis. A quoi ça m'avancera ? A rien. Pourtant, j'y tiens. Je ne me comprends plus moi-même. La seule chose dont je suis certain, c'est qu'il faut que j'y aille.

Je commence peut-être à devenir fou. Ça peut commencer comme ça : une idée fixe.

— Et tu sais comment il m'a écrit « sempiternel » ? « Sans piternel » comme s'il n'avait pas de piternel. En terminale ! Mais où va-t-on !

— Je me le demande.

Elle ricane.

— C'est ça, fais ton malin. Comment tu l'écris toi sempiternel ?

— Je ne sais pas où placer le H.

— Mais il n'y a pas de H.

— Alors c'est pour ça.

Là elle s'aperçoit que je me moque d'elle, et elle commence à rire. C'est signe qu'elle se détend. Au fond, on s'entend bien. On n'est jamais tombés dans l'ennui. J'ai eu envie après le repas de lui dire que je voulais aller à Angers, que j'avais envie de revoir ce tableau, de lui parler d'Elisabeth, de Jacob Van de Johnen... Mais je me suis dégonflé. Je sais qu'elle est capable de comprendre plein de choses mais ça, c'est tout de même trop. Trop pour elle, trop pour moi, trop pour tout le monde.

C'est une affaire que je dois régler seul.

On a regardé un peu la télé. Débilos de chez débilos et au bout d'un quart d'heure, elle est partie faire quoi ? Vous avez gagné, elle est allée corriger des copies. Je vous l'avais dit : vélo, nouilles au gruyère et copies à corriger, vous commencez à vous faire une idée d'elle.

Jeudi

Les dix jours qui me séparaient des vacances se sont passés sans trop d'histoire. J'ai même eu quelques notes sympas. Enfin, n'exagérons rien mais tout de même 11 en géo, 10,5 en anglais et 9 en français. Ça pourra sembler maigrichon à beaucoup mais pour moi, c'est du progrès, et même du grand progrès. Si j'ai fait autant d'efforts, c'est dans un but bien précis. Je ne voulais pas que Jocelyne m'empêche de me tirer deux jours en vacances avec Gilles. Parce qu'elle est sévère, maman Jocelyne. Ça m'est arrivé de passer des vacances consigné à faire des exercices pendant que les autres s'éclataient sur la plage.

Là, avec des résultats aussi magnifiques, je ne risquais rien. Elle a accepté que je parte chez la tante de mon copain. Elle a une villa près de Nantes avec un escalier qui donne sur la mer. La maison s'appelle « Au ras des flots ». C'est pas très original mais ça a au moins le mérite d'être vrai.

Le lundi, je retrouve mon pote à la gare Montparnasse. Je croule sous le poids d'un sac à dos comme si je partais pour dix ans explorer les déserts polaires. Jocelyne craint toujours dès que je dépasse la place Clichy de me voir attraper des pneumonies en série donc, même en août, je pars toujours avec de la laine plein mes bagages. Manque plus que les chiens de traîneau.

On s'installe dans le train. On discute d'une chose et d'une autre et, juste avant d'arriver à la gare d'Angers-Saint-Laud, je dis :

— Au fait j'ai oublié de te prévenir. Je descends à la prochaine.

Il avale son chewing-gum à la fraise et me fait des yeux de hibou.

— Je te rejoins ce soir, t'inquiète pas, je vais juste passer la journée à Angers, c'est tout.

Il me regarde fixement, réfléchit, se gratte la tête, tire sur ses chaussettes, met les mains dans ses poches, les retire, sifflote, croise les jambes et lâche :

— Qu'est-ce que tu vas faire à Angers ?

Je n'ai pas envie de lui raconter mon histoire à laquelle il ne croirait pas. Je prends l'air mystérieux et mets un doigt sur mes lèvres

— Secret, dis-je.

Il a toujours son air effaré et il réfléchit de plus en plus, j'ai l'impression d'entendre ses neurones bourdonner. Soudain, il claque dans ses doigts. Manifestement, il a trouvé la solution.

— Une fille !

Je hoche la tête

— T'as trouvé.

Au fond, ce n'est pas complètement faux, sauf que celle que je vais rejoindre n'a que deux dimensions et est peinte à l'huile sur un panneau de bois.

Il me regarde avec admiration. Apparemment, il m'envie.

— T'as rencard ?

— Oui.

— Cool.

Ça m'étonnait que le cool n'arrive pas à un moment ou un autre. Mais l'interrogatoire n'est pas fini

— C'est une fille de Jules ?

Ça ne veut pas dire que son père s'appelle Jules, il me demande si elle est du lycée Jules-Ferry.

— Non.

— Décris-la-moi.

— C'est difficile. Elle a été mannequin chez Dior, elle a fait du ciné avec Spielberg.

Je sens qu'il va se fracasser sur le sol.

— Elle est connue ?

— Assez, mais je peux pas te dire son nom.

— Cool.

Il est à présent sonné comme un boxeur. Il me fixe comme s'il ne m'avait jamais vu. Je me mets à rire et il comprend que je me fous de lui. Il hausse les épaules.

— Occupe-toi de mon sac, dis-je, tu dis à ta tante que je suis là en fin de soirée.

Pendant tout le reste du trajet, il essaie de me faire parler mais je sais me transformer en pierre tombale.

Je suis descendu du train.

C'était une gare moderne, très grande, qui donnait sur une place avec un jet d'eau.

Des rues partaient en éventail. J'ai demandé à un vieux type qui sortait d'une épicerie avec une salade sous le bras où se trouvait le musée.

Il n'en avait jamais entendu parler. Je n'étais pas tombé sur un amateur de peinture.

J'ai continué d'avancer un peu au hasard et je me suis renseigné à nouveau auprès d'une femme qui portait un sac à provisions. Elle m'a indiqué le chemin. Ce n'était pas très loin – dix minutes à pied à peu près.

J'ai commencé à avoir faim. Il faut dire qu'il était près de midi. Je suis entré dans une boulangerie et j'ai acheté deux pains au chocolat histoire de colmater.

Il y avait un square pas très loin et j'y suis allé. Il était désert.

Je ne sais pas pourquoi ni d'où ça me vient mais j'ai toujours trouvé ce genre d'endroit un peu cafardeux. Lorsqu'il y a des gosses qui piaillent ça va, mais là ce n'était pas le cas. Il régnait un silence assez étonnant, on entendait à peine les bruits venant de la rue toute proche, la circulation n'était pas très dense mais j'ai été étonné qu'on n'entende pas davantage les voitures. Ce devait être l'épaisseur du feuillage qui faisait écran isolant ou un autre effet acoustique que je ne comprenais pas, mais on aurait pu entendre une feuille tomber sur le gravier.

Je me suis assis sur un banc et j'ai attaqué mon déjeuner.

Je n'avais pas avalé trois bouchées lorsque ça s'est produit.

Le sol a bougé entre mes pieds et les arbres ont commencé à tourner autour de moi, c'était lent d'abord mais j'ai senti que ça allait s'accélérer. J'ai fermé les yeux et tout s'est arrêté lentement comme si j'avais été sur un manège de fête foraine. J'ai rouvert les yeux et ça a repris.

J'ai lâché mon pain au chocolat et mes mains se sont cramponnées au banc. C'était la même impression que le jour du Louvre, le jour où j'avais vu le tableau pour la première fois.

J'ai regardé ma main pour voir si je ne saignais pas à nouveau mais cette fois, il n'y avait rien.

J'ai tenté une expérience : il y avait un banc devant moi, de l'autre côté de l'allée. Je me suis demandé si je ressentirais le même malaise sur celui-là. Je me suis levé et j'ai eu exactement la même impression qu'au musée, j'ai cru marcher sur un matelas de coton.

Dès que je me suis assis, tout s'est arrêté, le sol a retrouvé sa dureté et le monde autour de moi a cessé de partir à la dérive.

Il me fallait réfléchir. J'en suis venu à la conclusion que le malaise ne surgissait que lorsque je m'approchais de quelque chose qui se trouvait en face de moi.

Je suis revenu sur le premier banc et m'y suis installé avec précaution comme s'il avait été de verre pilé, et le roulis a recommencé mais plus calmement que la première fois, comme si la force qui faisait tournoyer le paysage perdait peu à peu de sa vigueur.

Je suis parvenu à garder les yeux ouverts et j'ai regardé par-delà les trois tilleuls qui occupaient le fond du jardin. Il y avait une rue étroite et des façades de maisons. Elles paraissaient anciennes, c'était un vieux quartier.

Sur la plus à gauche, on voyait briller le bois ciré d'une porte. Deux marches de pierre l'isolaient du sol. Les fenêtres du rez-de-chaussée étaient fermées. La peinture des volets s'écaillait derrière des grilles renflées. Au premier étage, des rideaux épais masquaient l'intérieur des pièces. Au centre, un muret recouvert de feuillage donnait sur un jardinet. Personne ne devait l'entretenir car un fouillis de branches et de feuillage dépassait du faîte. Le sol tournait toujours mais presque agréablement. Je me sentais essoufflé comme si je venais de courir un 1 500 mètres, mais ce n'était pas douloureux.

Mes yeux ont quitté le vieux mur et ont glissé un peu plus sur la droite.

Et tout a basculé.

J'ai failli tomber du banc et j'ai ressenti une douleur sourde au bras. J'ai pensé en un éclair que ma blessure s'était rouverte.

C'était là.

Un rideau de fer.

Une maison de pierre grise à un étage avec un balcon et en bas une boutique.

Aucune indication. De l'endroit où je me trouvais, je ne pouvais savoir s'il s'agissait d'une épicerie, d'une librairie ou d'une cordonnerie.

C'était un rideau de fer à l'ancienne, du type de ceux qui se remontent encore avec une manivelle. Il masquait non seulement la porte d'entrée mais aussi la vitrine sur le côté gauche. L'ensemble ne faisait pas 3 mètres. L'intérieur devait être minuscule. Peu à peu mon malaise se dissipait. J'ai senti mon cœur se calmer, il allait bientôt retrouver son rythme normal.

J'ai examiné le rideau plus attentivement.

Au centre, il y avait une affichette blanche. Quelque chose était écrit dessus. Un des coins s'était décollé et battait doucement lorsque le vent prenait la rue en enfilade.

Il fallait que je sache ce qui était marqué, et pour cela il fallait que je me rapproche. J'ai une bonne vue. Dix dixièmes à chaque carreau mais je ne pouvais tout de même pas lire à cette distance.

J'étais partagé entre deux sentiments : la crainte qu'il se reproduise quelque chose de terrifiant si j'avançais vers cette maison fermée et la certitude qu'il y avait là derrière une solution à mon problème, que la clef se trouvait là, derrière ce rideau de métal gondolé, et que ce morceau de papier blanc m'était destiné.

Je devais savoir.

Je me souviens que pendant tout ce temps, je tenais toujours à la main droite la moitié d'un pain au chocolat qui portait en demi-lune la trace de mes dents.

Je l'ai fourré dans ma poche et je me suis levé.

Il y avait toujours ce silence bizarre.

Pas à pas, comme dans un film au ralenti, je me suis avancé vers la petite affiche.

Vendredi

J'ai dû arrêter mon journal hier. Ce n'était pas pour faire durer le suspense mais le téléphone a sonné et comme il était près de 2 heures du matin, j'ai tout de suite percuté que c'était le tonton.

C'était bien le tonton. Il appelait, tranquille, de Rio de Janeiro. Il avait simplement oublié qu'on n'était pas tout à fait sur la même tranche horaire. Tout ça pour dire sinon qu'il rentrait samedi prochain et qu'il espérait qu'il ne nous avait pas réveillés, que ses conférences se passaient bien et qu'il ne pouvait pas comprendre pourquoi tout le monde autour de lui se dandinait au rythme épouvantable qu'ils appelaient la samba et qui était un défi aux lois de la musique, bref j'ai raccroché parce qu'il y serait encore.

Revenons à la journée d'Angers.

Cette petite affiche collée sur la ferraille était devenue le but à atteindre. Aujourd'hui encore, je ne comprends pas pourquoi je m'étais mis dans la tête qu'elle avait une importance capitale. J'ai poussé la porte grillagée du square et je me suis retrouvé sur le trottoir. Je ne pouvais toujours pas lire. C'était écrit en très petites lettres.

J'ai traversé la rue et je me suis retrouvé à moins de 2 mètres. J'ai noté que tous les symptômes bizarres avaient cessé : le monde avait retrouvé son équilibre. J'ai enfin pu lire les indications.

Heures d'ouverture du magasin
Tous les jours de 15 heures à 18 heures
Fermeture dimanche et lundi

Rien de bien extraordinaire. J'en ai ressenti une déception.

Je ne savais pas ce qu'était cette boutique.

La mauvaise nouvelle était qu'avant de le savoir je devais attendre près de deux heures et demie.

Le plus étrange dans tout ça, c'est que je n'avais plus très envie de me rendre au musée alors que j'étais venu pour ça. Je nageais en plein délire, il me semblait que c'était ici, dans cette rue presque déserte, que se trouvait ce que je cherchais alors que je ne savais même pas quoi.

J'ai regagné mon banc et fini mon déjeuner sans grand enthousiasme. J'étais toujours seul. Décidément, ce jardin public n'était guère fréquenté. Je me suis mis à réfléchir et je ne sais pas si c'est le résultat des émotions que j'avais éprouvées dans ces lieux mais je me suis endormi.

J'ai été réveillé par un bruit bizarre, une sorte de couinement rouillé, comme le cri à répétition d'un gros oiseau.

J'ai ouvert les yeux et il y avait des mômes dans le bac à sable. Un ballon roulait dans l'allée et une femme qui poussait un landau est entrée dans le square.

Mais le bruit que j'avais entendu provenait d'ailleurs.

Là-bas, de l'autre côté de la rue, je pouvais voir le rideau de fer monter lentement. Il y avait un petit barbu qui se tenait courbé et tournait une manivelle à l'extérieur. Les rouages devaient avoir besoin d'huile.

J'ai dû attendre que le rideau soit complètement levé pour lire l'inscription en lettres délavées au-dessus de la vitrine : « F. Van de Johnen. Photographe. »

J'ai failli m'étaler par terre.

Van de Johnen, c'était le nom du peintre qui avait fait le portrait d'Elisabeth D. Mes genoux se sont mis à trembler et j'ai essayé de réfléchir calmement. Après tout, ce pouvait être le hasard.

Beaucoup de gens portaient des noms semblables. Il n'y avait qu'à consulter le Bottin pour s'en apercevoir. Pour les Duval par exemple, on devait être plusieurs milliers sur l'ensemble de la France. Vous me direz que Van de Johnen c'est moins fréquent que Duval, Martin ou Dupont, mais il fallait tenir compte du fait que c'était un nom hollandais et peut-être que, là-bas, les

Johnen étaient aussi fréquents que les Durand en France.

Le petit bonhomme avait disparu dans sa boutique. Je ne pouvais pas entrer et lui demander brusquement : comment ça se fait que vous portez le même nom qu'un peintre né en 15... Il appellerait police-secours dans les dix secondes. Sans aller jusque-là, il me ficherait dehors.

Je me suis approché. Il était spécialisé dans les mariages : en vitrine on pouvait voir trois grandes photos encadrées de trois couples différents. Celle du milieu était de loin plus brute de décoffrage. La mariée en robe à traîne de supermariée se tenait sur une balançoire avec son marié dans un bel habit de garçon de café. Ils avaient l'air aussi ahuris. A croire qu'ils ne comprenaient pas ce qui était en train de leur arriver.

Le type tenait un bouquet dans ses mains et le tendait à sa femme qui regardait ailleurs en pensant manifestement à autre chose, sans doute au fait qu'elle allait devoir se trimballer tout le reste de sa vie ce gringalet en smoking et que ça allait faire long. Les deux autres photos étaient tout aussi cul-cul mais les mariés étaient nettement plus mignons et plus souriants. Je ne sais pas si c'étaient les costumes, la couleur vanille framboise ou le fait que les clichés étaient restés longtemps en vitrine, mais j'ai eu l'impression que ces trois mariages étaient anciens, qu'ils avaient eu lieu pas mal d'années auparavant.

C'est à ce moment-là qu'à travers la vitre, j'ai vu l'intérieur du magasin.

Dans un coin, devant un mur blanc, il y avait un tabouret et un projecteur installés avec par-dessus une inscription : « photos d'identité couleur. 5 euros les six ».

Je tenais mon excuse pour entrer. Evidemment, ça allait m'écorner sérieusement le budget mais il fallait ce qu'il fallait. Je n'avais pas vraiment d'autre solution : si l'on veut pénétrer chez un photographe, le mieux est encore de se faire photographier.

J'ai poussé la porte. Il y a eu un tintement musical et Van de Johnen a surgi de derrière un paravent où il s'apprêtait manifestement à faire la sieste.

Il a eu l'air surpris. Il ne devait pas avoir l'habitude de voir un client à cette heure de l'après-midi. Ou même à n'importe quelle heure. Peut-être étais-je le premier depuis très longtemps.

Il était vraiment petit. Dans les 60 ans. Je dis ça mais ce n'est pas sûr, il avait la tête d'un type qui devait avoir l'air vieux depuis longtemps et même quand il était jeune. Il y a des gens comme ça. D'une certaine façon, c'est un avantage. A 30 ans, ils en font le double et après ils ne bougent plus.

La barbe le vieillissait peut-être. Il portait une blouse qu'il achevait de boutonner.

— Vous désirez ?

— Des photos d'identité.

— C'est pour un passeport ?

J'ai dit oui à tout hasard et je me suis installé sur le tabouret.

— Vous allez à l'étranger ?

Il s'affairait autour de moi. Pour une fois qu'il avait un client, il prenait soin de lui. J'ai commencé à inventer.

— Oui. En Thaïlande.

Pourquoi avoir dit en Thaïlande ? C'était la première idée qui m'était venue.

Il a commencé à préparer son appareil et à régler l'éclairage.

— Beau pays la Thaïlande. A quel endroit exactement ?

Si je l'avais su, ça m'aurait fait très plaisir.

— A Tin Tao.

J'avais lancé le nom sans réfléchir. En tout cas ça sonnait bien. Ça sonnait asiatique. Il a réfléchi un moment comme s'il cherchait dans ses souvenirs.

— Je ne connais pas Tin Tao.

S'il m'avait dit qu'il y passait ses vacances ça m'aurait étonné. J'ai commencé à m'enfoncer dans le mensonge.

— C'est sur la côte.

J'ai souhaité de toutes mes forces qu'il y ait une côte dans ce pays.

— Je connais bien la Thaïlande, a-t-il dit, j'y ai vécu trois ans.

Pas de pot, j'avais choisi le seul pays qu'il devait connaître sur le bout des doigts. J'aurais dû lui annoncer que je partais en Australie.

Heureusement, il s'est concentré sur son travail et a oublié Tin Tao et la côte thaïlandaise.

— Attention, vous regardez bien devant vous, vous dégagez bien le front et vous ne souriez pas.

J'ai rabattu mes cheveux en arrière et j'ai pris l'air sérieux.

— J'ai du mal à m'habituer, autrefois on s'efforçait de faire sourire le sujet, aujourd'hui c'est l'inverse, si vous faites un sourire, ils refusent la photo et il faut la refaire. Les temps changent. Sourire défendu.

Il a appuyé sur le déclencheur de son appareil numérique.

— Voilà, c'est fini.

Il fallait que j'attaque. Je ne pouvais pas être venu ici simplement pour me faire tirer le portrait.

Je me suis levé du tabouret et j'ai dit :

— Vous portez le même nom qu'un peintre.

Il m'a regardé avec surprise.

— On ne me l'a jamais dit.

— Un peintre hollandais né en 15... à Anvers. Il a fait un portrait de jeune fille qui est au musée d'Angers en ce moment.

Il a manœuvré son imprimante et les photos sont sorties.

— J'irai voir ça, a-t-il dit. Les deux noms s'écrivent pareils ?

— Exactement.

Manifestement, il s'en foutait complètement. Je lui ai tendu mon billet de 10 euros et il m'a rendu la monnaie. J'ai regardé une des photos : j'étais horrible, une tête de serial killer. Il a remarqué que je faisais la grimace.

— Vous inquiétez pas, avec ce système, on a tous des têtes épouvantables, tenez regardez ceux-là.

Il m'a emmené dans un renfoncement derrière la caisse. Sur la moitié du mur, il avait punaisé une bonne centaine de photos d'identité. Une centaine de visages sans aucun sourire, ce qui m'a donné un étrange sentiment. Tous regardaient droit devant eux. Ils avaient tous la même expression

— Ça fait drôle hein ? C'est presque un cauchemar. On dirait des morts avec les yeux ouverts.

Il s'est écarté pour sortir de son recoin, mais je ne l'ai pas suivi.

J'avais pour ça une bonne raison : je ne pouvais plus bouger.

Je devais être devenu pâle car il m'a dit :

— Vous ne vous sentez pas bien ?

Je ne lui ai pas répondu car en face de moi, au milieu de tous ces visages, je venais de découvrir celui d'Elisabeth D.

Samedi

Je n'avais pas un milliard de solutions : je lui ai tout raconté, de A jusqu'à Z.

Au début, j'ai eu l'impression qu'il pensait que je lui bourrais la caisse. Il a même dû penser que j'avais commencé à disjoncter et il a lancé quelques regards en biais sur son téléphone mais, peu à peu, il s'est installé en face de moi et j'ai compris qu'il me croyait, ou tout au moins qu'il essayait de comprendre et de trouver une explication à mon problème.

Quand j'ai eu terminé, j'ai vu qu'il était vraiment intéressé, pas persuadé mais intéressé. J'ai pensé qu'il devait tellement se faire braire à attendre le client à longueur de journée dans son studio au rez-de-chaussée qu'il était content d'avoir quelqu'un à écouter et avec qui parler. Il a commencé à me poser des questions.

— Vous êtes bien sûr que c'est la même ? Faites attention avant de répondre : surtout chez les gens jeunes, il peut y avoir des ressemblances, les traits n'ont pas toujours acquis leur forme définitive et...

— J'en suis sûr. Certain que c'est la même, sauf si on croit qu'elle a vécu quatre cents ans sans prendre une ride, mais c'est le même visage, exactement. Si vous allez voir le tableau au musée, vous vous en rendrez compte.

C'était le même regard. Les lèvres ne souriaient pas mais les yeux ne pouvaient pas s'en empêcher. Malgré la dureté du cliché, ils avaient conservé leur couleur. La couleur des iris était la même, vert d'une mer par temps gris, alors que la totalité des autres qui l'entouraient formaient deux cercles noirs et fixes.

Comme mon photographe semblait ébranlé, j'ai enfoncé le clou.

— Un jour, je me trouve en face d'un portrait d'une fille vivant au XVIIe siècle. Peu de temps après, je suis devant une photo de la même fille. En plus, le peintre d'autrefois et le photographe d'aujourd'hui portent le même nom. Est-ce que vous trouvez ça normal ?

Il était perplexe. Il était même devenu la statue de la perplexité et j'ai ajouté :

— Et chaque fois que je me trouve en présence de l'image de cette fille j'éprouve le même trouble, je manque de m'évanouir. Alors, qu'est-ce que vous dites de ça ?

Il n'en disait rien. Il avait l'air de réfléchir tellement fort que j'étais étonné de ne pas voir la fumée lui sortir par les oreilles. Il a fini par dire :

— J'avoue que c'est troublant.

— Et comment que c'est troublant !

Comme on restait en face l'un de l'autre à se regarder, j'ai pris une décision.

— Il faut que je la retrouve !

Il a cherché dans la poche de sa blouse et en a sorti un vieux paquet de cigarettes. Il l'a regardé et l'a remis aussitôt là où il l'avait pris. Comme j'ai dû avoir l'air étonné qu'il n'en allume pas une, il a dit :

— J'ai arrêté de fumer le 14 avril 1978, mais quand je réfléchis j'ai encore le réflexe d'en prendre une, sauf que je ne cède pas.

Je le trouvais de plus en plus sympathique. Un vieux type tout seul dans sa boutique qui empêchait les gens de sourire et sortait de temps en temps un paquet de clopes vieux de près de trente ans.

— Vous ne notez pas les adresses des gens que vous photographiez ?

— Est-ce que je t'ai demandé ton nom ?

J'ai remarqué qu'il me tutoyait et que c'était bon signe. On commençait à devenir copains et peut-être accepterait-il de m'aider dans mon aventure.

— Réfléchissez bien, dis-je, est-ce que vous vous souvenez d'elle ? Un détail particulier ?

C'est comme ça qu'ils s'y prenaient dans les séries américaines. En général, le flic n'insistait pas et laissait sa carte en disant quelque chose du genre : « Si quelque chose vous revient, n'hésitez pas à m'appeler. »

Il est resté un moment les yeux clos dans le vide et s'est mis à bouger lentement la tête de gauche à droite.

— Je n'ai aucun souvenir. Vraiment aucun.

— Ça va vous revenir, vous n'avez quand même pas tellement de clients !

Il a tiqué. Ce n'était pas très sympa de ma part mais il fallait le secouer un peu pour lui réveiller les neurones.

Soudain il s'est levé et est allé se placer devant le mur de photos. Je l'ai suivi.

— J'ai commencé à les placarder les unes à côté des autres il y a un peu plus de trois ans, au moment où j'ai acheté le matériel spécial pour ce genre de photos. Si je ne l'avais pas fait, j'aurais dû mettre la clef sous la porte : depuis que les pellicules ont disparu et que les gens ne viennent plus faire développer leur tirage, j'ai perdu 80 % de mon chiffre d'affaires.

Je l'écoutais sans voir en quoi tout cela nous avançait dans la recherche d'Elisabeth, mais il a suivi son idée.

— Je fais en moyenne une cinquantaine d'identités par an. Je les place dans l'ordre chronologique. Ça signifie qu'étant donné l'endroit où se trouve la photo qui nous intéresse, elle a été prise il y a, en gros, un an.

Je me suis mis moi aussi à carburer plus vite.

— Quand on va chez le photographe, on va chez celui qui est le plus près de chez soi. Où se trouve votre concurrent le plus proche ?

— Dans le centre de la ville. A moins de 300 mètres d'ici. C'est mon drame.

Il a eu un sourire désabusé.

— C'est près du centre commercial, vingt fois plus grand qu'ici, et ils vendent de tout, même des caméras. C'est lui qui ramasse toute la clientèle. Ici ne viennent que des voisins proches.

Donc elle vivait là, pas loin, dans un rayon de 100 mètres autour de la boutique. Un jour, elle était venue ici.

— J'ai une idée, dis-je. Il y a quatre cents ans elle portait un nom de famille commençant par D. Si on suppose que le nom est resté le même, on prend le Bottin, on cherche tous les D et...

— Angers est une grande ville, dit-il, si vous voulez leur téléphoner à tous en leur demandant s'ils n'ont pas une fille dans les 15-16 ans s'appelant peut-être Elisabeth, vous allez y passer du temps.

— Pas tant que ça parce qu'on ne cherche pas dans toute la ville, mais uniquement autour de votre boutique. On prend un plan, on note le nom des rues proches et on voit s'il y a des gens qui y habitent.

Il n'a pas eu l'air d'y croire beaucoup, mais a sorti de sous son bureau un Bottin du Maine-et-Loire.

Il n'avait pas tort, c'était incroyable le nombre de gens dont les noms commençant par D. On allait y passer un moment. Il y avait près de quatre pages.

Il a regardé un plan de la ville et a conclu :

— En gros, en comptant ma rue, il y en a sept autres dont les habitants pourraient venir se faire photographier chez moi.

J'ai eu un moment de découragement. Rien n'était logique dans cette recherche. Elisabeth avait bien pu se trouver devant cette boutique par hasard. Elle habitait peut-être à l'autre bout de la planète, elle était de passage, s'était fait photographier et était repartie.

Van de Johnen n'avait pas perdu de temps. Il avait déjà donné la liste des huit rues et avait commencé à la lettre D à suivre la liste alphabétique.

J'ai regardé ma montre à ce moment-là, il ne s'agissait pas de manquer le train. J'avais encore trois heures devant moi, c'était suffisant.

Ça ne lui a pas pris plus d'une vingtaine de minutes. Lorsqu'il a fini avec la liste des D, il avait sept personnes dont le nom commençait par cette lettre et habitant dans une des rues toute proches.

J'ai pris le téléphone, le premier sur la liste était un monsieur Damien André. Il a décroché dès la première sonnerie. A croire qu'il avait la main sur l'appareil et attendait qu'on l'appelle.

— Allô ?

— Excusez-moi, est-ce que je pourrais parler à Elisabeth ?

— A qui ?

— A votre fille Elisabeth.

— Je n'ai pas de fille.

— Excusez-moi, il doit s'agir d'une erreur.

Puis, je suis tombé sur deux répondeurs.

Pour le premier, une voix de femme s'est fait entendre. « Ni Pierre, ni Sandra, ni Ludovic, ni François ne sont présents, laissez votre message l'un des quatre vous rappellera dès que possible. »

Un couple avec deux garçons, à éliminer.

Pas d'enregistrement au deuxième répondeur.

Au troisième appel, on a décroché qu'à la huitième sonnerie. Une femme.

— Allô, je vous écoute.

— Bonjour, excusez-moi, pourrais-je parler à Elisabeth ?

— C'est moi.

Ça m'a fait un choc mais la voix ne collait pas, c'était celle d'une femme âgée, même très âgée.

— L'Elisabeth à qui je voudrais parler a une quinzaine d'années.

Il y a eu un silence au bout du fil et la voix a repris.

— Je crains que ce ne soit pas moi, j'en ai 88.

— Alors j'ai dû me tromper de numéro et...

Je n'ai pas eu le temps de continuer, elle a raccroché immédiatement.

Il me restait encore trois numéros à appeler. Duhin, Dothys, Dewerlynck.

Dewerlynck était le premier sur la liste. Le nom avait quelque chose de hollandais. Elisabeth D. était peut-être Elisabeth Dewerlynck. J'ai tenté ma chance.

— « Le numéro que vous avez demandé n'est plus attribué... Le numéro que vous avez demandé n'est plus attribué... Le numéro... »

J'ai raccroché et suis passé aux deux derniers. Sans résultat. La seule chose que j'ai pu apprendre, c'est que monsieur Duhin sur qui j'étais tombé n'était pas d'un naturel arrangeant. Dès que je lui ai demandé de parler à Elisabeth, les choses se sont corsées.

— Qui la demande ?

— Je suis un ami.

— Qu'est-ce que vous lui voulez ?

— Rien de spécial... je...

— Vous êtes un copain de lycée ?

— Non, pas vraiment, je... Enfin elle habite bien chez vous ?

— Qui ça ?

— Elisabeth.

— Ma fille ne s'appelle pas Elisabeth.

— Alors c'est une erreur, je...

— Mais je sais qu'elle change de prénom, principalement quand elle sort en boîte. Vous l'avez rencontrée en boîte ?

— Pas du tout, il se trouve que...

— La dernière fois qu'un petit con comme vous m'a appelé, il demandait à parler à Mercedes.

— Non, moi, c'est différent.

— Mercedes, c'était sa période espagnole. A un moment ses copains l'appelaient Jennifer. Elle trouvait que ça faisait star américaine.

Non seulement il avait la voix d'un teigneux mais c'était un bavard, je n'arrivais pas à l'arrêter et je ne voulais pas lui raccrocher au nez.

— Alors ça ne m'étonnerait pas qu'elle se fasse appeler Elisabeth, ça fait reine d'Angleterre, en tout cas vous savez comment elle s'appelle ? Non, vous ne le savez pas, elle s'appelle Marguerite comme sa grand-mère, alors bien des choses chez vous.

Ça a fait une explosion au bout du fil. Il avait dû casser le combiné en le reposant sur son socle.

Tout ça n'avait rien donné. J'ai remercié Van de Johnen de sa collaboration, il avait l'air tellement navré que je n'aie rien trouvé que je lui ai dit que je le tiendrais au courant de mes recherches et nous nous sommes serré la main comme de vieux amis.

Je suis sorti de la boutique. J'étais sûr qu'il me regardait m'éloigner, derrière la vitre de la porte d'entrée.

Dès que je me suis trouvé sur le trottoir, le silence m'est tombé à nouveau dessus. J'ai regardé ma montre. La gare n'était pas très loin. Il me restait presque deux heures. C'était suffisant pour ce qui me restait à faire.

C'était ma dernière idée.

C'était ma dernière chance.

Dimanche

Dewerlynck.

Le numéro de téléphone qui n'était plus attribué.

J'avais noté l'adresse avant de partir de chez mon photographe : 12, rue des Tilleuls. Je ne sais pas pourquoi mais je sentais bien ce coup à jouer. C'est comme les joueurs de poker à la télé. Il y a un moment où ils savent quelle carte va sortir, ça doit leur paraître évident qu'à force de vouloir que ce soit un valet, c'est bien lui qui apparaît. D'ailleurs quand c'est une carte qu'ils ne désirent pas, ils ont l'air presque surpris.

La rue des Tilleuls ne pouvait être que proche puisque Van de Johnen l'avait sélectionnée.

A 50 mètres de chez lui, il y avait une boulangerie. J'ai failli entrer pour demander mon chemin mais, en levant le nez, j'ai vu la plaque : rue des Tilleuls. J'étais dedans. C'était une enfilade de vieilles maisons avec de temps en temps un pavillon en retrait au milieu d'un jardin.

Je me suis trouvé devant le 12.

C'était une villa étroite en briques rouges. Le lierre montait le long de la façade et avait gagné la toiture.

A travers la grille, on apercevait le jardin.

Quelques arbres dans le fond, où se trouvait une sorte de grotte en rocaille et un bassin. L'eau était recouverte d'une pellicule verte. La margelle disparaissait sous les feuilles de l'automne précédent.

Tout était abandonné et on pouvait comprendre pourquoi : accrochée à la porte donnant sur la rue on pouvait lire sur une pancarte :

Maison à vendre
S'adresser à l'agence immobilière Trugot

Pas de chance. Si la fille de la photo avait vécu ici, il était évident qu'elle n'y habitait plus.

J'ai traversé la rue et me suis posté sur le trottoir en face pour mieux l'examiner. Il y avait un étage. Par les fenêtres poussiéreuses, on pouvait voir un plafond avec des poutres.

Je n'avais plus qu'à partir. Ce qu'il me fallait si je voulais suivre cette piste, c'était la nouvelle adresse de la famille Dewerlynck. Qui pourrait me la fournir ? Un voisin peut-être, ou les gens de l'agence qui la connaissaient certainement. Me la communiqueraient-ils ? C'était une autre histoire.

Comme j'allais m'en aller et reprendre le chemin de la gare, quelque chose a retenu mon attention.

De l'endroit où j'étais, j'ai aperçu un espace entre la grille et le mur d'enceinte du pavillon. Juste quelques millimètres. Je me suis approché et j'ai posé ma main sur les barreaux.

Ils ont cédé. La porte n'était pas fermée.

J'en suis resté stupéfait et j'ai hésité quelques secondes. Comment cela était-il possible ? Qui avait laissé la grille ouverte ?

Je suis entré. Mon cœur s'était remis à taper le rock. Décidément depuis quelque temps il avait tendance à jouer les solos de batterie. J'allais finir cardiaque si ça continuait. J'ai refermé derrière moi.

L'odeur d'herbe m'a sauté aux narines. La pelouse n'avait pas été tondue depuis longtemps et des touffes vertes avaient poussé entre les interstices des pierres.

J'ai monté les trois marches et me suis retrouvé sur le seuil.

J'avais une veine inouïe : la porte de la villa était elle aussi entrebâillée.

Je me suis retrouvé dans un hall circulaire totalement vide. Les murs étaient parsemés de rectangles plus sombres, probablement les traces des tableaux qui avaient dû être enlevés lors du déménagement.

En face de moi, un escalier menait au premier étage.

J'ai poussé la porte qui se trouvait le plus à gauche. C'était celle de la cuisine. Je devrais dire de l'ancienne cuisine car là non plus il ne restait rien : ni cuisinière, ni machine à laver la vaisselle, juste un évier dans le coin sous la fenêtre donnant sur l'arrière de la maison.

Je suis sorti. Il y avait face à la cuisine une autre pièce qui devait être le salon. Le plancher craquait. Au plafond, au bout d'un fil, une ampoule pendait. Les murs étaient recouverts d'un papier à rayures bleues et blanches qui devait dater de la préhistoire des papiers peints. Si cette maison avait été celle d'Elisabeth, elle avait dû sérieusement broyer du goudron dans cette atmosphère.

Les pièces de la maison étaient étroites et les fenêtres laissaient filtrer peu de lumière. Je me suis dit que lorsqu'il y avait des feuilles aux arbres, la maison devait ressembler à un gigantesque aquarium plongé dans un gris verdâtre. J'ai décidé de monter voir les chambres. Après tout, puisque j'y étais, autant accomplir la visite tout entière. J'avais peu d'espoir, comme le rez-de-chaussée tout serait vide, mais sait-on jamais ?

J'ai commencé à gravir les marches donnant au premier. J'ai remarqué que l'on avait également enlevé les tapis qui les recouvraient. Le parquet conservait les traces des anciens clous.

Parvenu environ à la moitié de l'escalier, je me suis arrêté.

Il y avait eu un bruit.

C'était léger, à tel point que je me suis demandé si c'était pas moi qui l'avais rêvé. J'ai attendu quelques secondes sans bouger d'un poil. Je n'ai même pas avalé ma salive pour mieux entendre.

Rien.

J'ai pensé que je m'étais trompé et que j'avais vu trop de films d'épouvante. C'est vrai qu'il y a eu un moment où je m'en suis tapé un paquet chez Gilles ou à la maison. On était des spécialistes. Les Freddy surtout, on connaissait les répliques par cœur Gilles et moi. Enfin, les répliques, faut pas exagérer, en général les acteurs et surtout les actrices se contentaient de hurler à tour de rôle et même quelquefois ensemble.

Elle : Aaaaaah.

Lui : Oooooooh.

Elle et lui : Aaaaah, ooooh.

J'aimais bien aussi *La Vengeance de la momie*, le passage où l'un des visiteurs dit : « Je n'arrive pas à trouver la sortie de ce foutu souterrain », réplique suivie par : « Il n'y en a jamais eu, aaaaaah ! » Jocelyne a horreur de ça, il suffit qu'un des malades mentaux coupe un doigt à l'infirmière avec une scie à métaux pour qu'elle crie encore plus fort que l'actrice. C'est dans *L'Asile sanglant*. Donc, à force de se passer des DVD dans ce style, j'ai pris l'habitude de repérer des scènes qui reviennent tout le temps et il y en a une en particulier où l'on voit quelqu'un monter l'escalier d'une maison abandonnée alors qu'une ombre l'attend derrière un mur avec une hache de 10 kilos aiguisée comme un rasoir. Le type continue à monter et c'est le moment où on se goinfre de pop-corn à toute allure pour pouvoir supporter ce qui va se passer parce qu'il y a de fortes chances que ça gicle au maximum.

Je sais bien que la vie et le cinéma sont deux choses bien différentes mais tout de même, j'étais bien : premièrement dans une maison abandonnée, deuxièmement en train de grimper un escalier et troisièmement j'avais entendu un bruit. Trois bonnes raisons pour me carapater à pleine vitesse.

Pourtant, bien que je ne sois pas particulièrement courageux, j'ai gravi deux marches de plus. Je ne sais pas pourquoi. La curiosité a été plus forte que tout... Je ne vois pas d'autres raisons.

Et j'ai encore entendu le bruit.

Différent du premier. C'était un son faible, mais plus long. Ça pouvait ressembler à un gémissement. Comme si quelqu'un se plaignait, quelqu'un de blessé ou de malade. Je me suis rappelé le *Prisonnier de Satan*. A un moment, le héros est enchaîné et bâillonné, et il essaie de prévenir sa fiancée de ne pas entrer dans le cachot où il se trouve parce que c'est bourré d'araignées géantes et de serpents, et il se doute qu'elle ne va pas aimer. Il tente de pousser des cris étouffés par le tissu mais ça donne des bruits ridicules que personne n'entend.

J'ai pensé à Elisabeth ligotée, bâillonnée, tentant de m'avertir du danger et le type à la hache qui s'apprête à me décapiter d'un coup, à la Marie-Antoinette.

J'étais donc pas très rassuré mais il fallait que je sache. Marche après marche, j'ai continué la progression. J'avais retiré mes baskets pour être encore plus silencieux et comme j'arrivais sur le palier, il y a eu un troisième bruit.

C'était derrière la porte de gauche.

Quelque chose remuait, comme si une bête se retournait et il y a eu un choc sourd. J'étais pétrifié et j'ai senti les poils de mes avant-bras qui se dressaient.

Je me retournai pour redescendre les escaliers à fond de train lorsque la porte s'est ouverte. Une ombre est apparue sur le seuil.

J'ai cherché la hache dans sa main mais je ne l'ai pas aperçue.

Il s'est avancé et j'ai vu son visage. Pas monstrueux, pas sanguinolent, il avait l'air plutôt joyeux, bien qu'un peu endormi.

— Excusez-moi, a-t-il dit, j'étais en avance et je crains de m'être assoupi. C'est l'heure de ma sieste.

Les bruits venaient donc de là... Le type ronflait. Je devrais voir moins de DVD rayon Angoisses et Terreurs.

— Vos parents sont là ?

J'ai percuté assez vite. Je ne suis pas totalement abruti : la baraque était à vendre, le type faisait visiter, il attendait des clients, un couple, et il me prenait pour leur fils. C'est pour cela qu'il avait laissé les portes ouvertes.

Si j'étais le roi des malins, j'avais une carte à jouer.

— Je crois qu'ils sont décidés à acheter, dis-je.

Le visage rondouillard de mon interlocuteur s'éclaira.

— Ils se posent une question, dis-je, vous connaissez les anciens propriétaires ?

— Les Dewerlynck ? Très bien. C'est mon père qui leur a vendu cette maison il y a trente ans.

— Ils avaient une fille dans les 15 ans et...

— Les Dewerlynck n'ont pas eu d'enfant. De plus, comme ils ont tous les deux passé le cap des 90 ans, leur fille, s'ils en avaient une, en aurait 70. Mais pourquoi cette question ?

C'est à ce moment-là qu'il a commencé à me détailler et j'ai vu ses sourcils filer vers le haut de son front : il venait de s'apercevoir que je tenais mes chaussures à la main.

A cet instant, j'ai entendu sonner à la porte et perçu un bruit de voix. J'ai pris mon air enjoué.

— Voilà papa et maman, ai-je dit. Je vais les chercher.

J'ai dévalé l'escalier et les ai croisés dans le hall. S'ils n'avaient pas deux siècles à eux deux, ils ne devaient pas en être loin.

Ils ont eu l'air surpris de me voir. Je ne me suis pas attardé.

— Discutez le prix, ai-je lancé, c'est trop cher.

Je suis passé près d'eux comme une flèche et me suis retrouvé dans la rue. J'ai couru vers la gare.

En fait ce voyage se soldait par une bonne et une mauvaise nouvelle : la bonne c'était que le sosie d'Elisabeth existait. La mauvaise était qu'il ne me restait plus aucun moyen de la retrouver.

Lundi

Trois jours au bord de la mer.

Tout se passait bien, il faisait presque beau, on a pu faire un peu de foot sur la plage avec Gilles, et se taper quelques tonnes de crevettes... Le seul point noir, c'était la télé, sa tante a un truc à elle, elle a vingt chaînes et un instinct très sûr pour choisir le programme ringard de chez ringard. En plus, elle adore les séries, les solides, celles qui durent depuis vingt ans. Plus personne n'y comprend rien, ne sait qui est avec qui ni pourquoi ils s'embrassent, se mettent des baffes, boivent du whisky, personne ne regarde. Personne, sauf la tante de Gilles. Et si, par politesse, vous lui demandez comment s'appelle la blonde avec ses lèvres de crapaud buffle et le brushing en béton armé, elle hésite pas une seconde.

— C'est Barbara. Elle est la nièce de Peggy et Clarck, elle a épousé Gary, celui qui a le smoking, ils ont eu deux jumeaux : Ted et Jimmy. Jimmy c'est le grand avec la mèche qui tombe, ils ont divorcé mais lui l'aime toujours, seulement Helen, la grande avec la robe collante, a des vues sur lui alors, pour qu'il soit un peu jaloux, elle va au rendez-vous avec Ted, celui qui a les cheveux en brosse, trois Porsche, douze champs de pétrole mais ce jour-là Audrey, la sœur de Ted...

Elle peut continuer comme ça pendant des heures, vous faites oui-oui avec la tête et semblant de comprendre mais en réalité vous avez décroché depuis le début, et vous vous en foutez complètement.

Le résultat de tout ça, c'est qu'avec Gilles on s'endort sur le canapé alors qu'il n'est pas 10 heures.

De drôles de vacances. J'étais content d'être là. Jocelyne téléphonait tous les soirs pour savoir si je ne m'étais pas noyé... Je lui ai expliqué qu'étant donné la température de l'océan Atlantique en hiver, j'avais peu de chances de me plonger un quart d'orteil dans l'eau mais elle est comme ça : dès qu'on est au bord de la mer, elle croit qu'il y a des risques. Evidemment quand on est à Pornichet, on risque plus de mourir dans les flots que de périr sous une avalanche mais tout de même, il n'y a pas de tsunami tous les weekends, ça se saurait.

Donc ça se passait bien mais pourtant quelque chose n'allait pas.

Et je savais ce que c'était. Je pouvais bien me l'avouer, j'étais amoureux de cette fille et je l'avais perdue.

Plus moyen de la retrouver.

Les choses avaient énormément bougé. Il y avait une sacrée différence entre être amoureux d'un fantôme et l'être d'une fille vivante. Dans le premier cas, on est dans la folie, dans l'autre on nage dans la réalité.

Je n'avais pas raconté mon histoire à Gilles. Il m'avait simplement demandé :

— Alors, ça s'est bien passé avec ta copine ?

— Correct.

— Cool.

Il devait s'attendre à ce que je lui raconte tout dans les détails mais il en a été pour ses frais. En fait, j'aurais aimé lui dire ce qui m'arrivait mais j'avais peur qu'il ne me croie pas, qu'il me prenne pour un cinglé.

La nuit, je ne dormais pas très bien. D'abord, il y avait le bruit des vagues auquel je n'étais pas habitué, mais surtout j'avais le visage d'Elisabeth constamment devant les yeux lorsque je les fermais. C'est même des images doubles qui se superposaient parfaitement. La photo apparaissait, puis le portrait peint et les deux se mélangeaient pour donner en fin de compte une fille unique.

Ce qui était le plus surprenant dans tout ça et ce que je n'arrivais pas à comprendre, c'étaient les malaises. Chaque fois que je m'étais approché de son image, j'avais été sur le point de m'évanouir, le sol tremblait, les murs se gondolaient, j'avais l'impression de ne plus avoir une goutte de sang dans les veines... Il y avait là un phénomène qui m'échappait. Sans parler de ma blessure au bras qui n'était d'ailleurs plus qu'un lointain souvenir, la coupure ayant complètement cicatrisé.

Le dernier jour à la villa, nous ne sommes pas sortis. Le temps avait tourné dans la nuit et le ciel s'était mis à la pluie. Au-dessus de la mer, le ciel était violet et la mer était devenue presque noire. Dès 8 heures du matin, des gouttes tambourinaient contre les fenêtres et je me suis mis à travailler. Inutile de dire que Jocelyne m'avait donné une dose massive d'exercices en tout genre, maths, physique, rédac, tout ce que j'adore. Je n'avais encore rien fait et cette journée tombait à pic, j'aimais encore mieux me farcir des problèmes d'algèbre que de me retaper à la télé un nouvel épisode de Barbara, la nièce de Peggy et de Clarck, qui sort avec Herbert, non avec Ted parce qu'Herbert c'est celui qu'a aimé Peggy avant qu'elle ne rencontre Bart qui est mort en voiture et qui a permis à Clarck de l'épouser... J'arrête là parce que la suite m'a échappé et que j'ai dû me gourer dans les prénoms.

A 18 heures, j'en ai eu marre de me concentrer sur ma rédac et j'ai commencé à rêvasser. J'avais une idée qui revenait assez souvent et qui était la suivante : deux êtres se ressemblant de telle façon qu'on puisse les prendre l'un pour l'autre et séparés par quatre siècles peuvent-ils être la même personne ?

Il faut avouer qu'il n'y a pas grand monde à qui on peut poser ce genre de question. En réfléchissant bien, je me suis dit qu'il y avait tout de même quelqu'un qui pouvait m'éclairer. C'était mon tonton.

Même si c'était le roi des zarbis, il était quand même un savant, et un savant qui s'intéressait au temps. Il allait même en parler à Tokyo, ça prouvait tout de même qu'il touchait sa bille.

Je l'ai appelé sur son portable.

Il en a acheté un il y a trois mois, je ne suis pas sûr qu'il sache s'en servir mais je pouvais tenter le coup. J'avais raison, il a répondu à la première sonnerie.

Je vais essayer de reproduire exactement la conversation telle qu'elle s'est passée :

— Allô, Tonton ? C'est Zéphyrin.

— Qui ça ?

— Ton neveu. Si je t'appelle Tonton, c'est que je suis ton neveu.

— Exact. Excuse-moi.

— Je peux te poser une question ?

— C'est un risque à prendre.

— Alors voilà, si deux personnes se ressemblent comme deux gouttes d'eau et qu'elles vivent dans des siècles différents, est-ce que la deuxième peut être la même qui revient ?

Grand silence. Il devait réfléchir et je me suis demandé si son téléphone n'allait pas fondre. Ça a duré longtemps et j'ai pensé qu'il s'était endormi. Pas du tout.

— Tu me demandes si la réincarnation existe ?

Je n'avais pas pensé au mot mais en l'entendant je me suis dit que c'était bien de ça qu'il s'agissait. La fille qui avait fait faire un an auparavant une photo d'identité à Angers était-elle la réincarnation de celle qui s'était fait portraiturer au XVIIe siècle en Hollande ?

— Oui, c'est ça que je voudrais savoir. Est-ce que tu y crois toi ?

Re-silence. Il a fini par lâcher :

— Il ne s'agit pas de croire mais de savoir.

— Justement, est-ce que tu sais quelque chose là-dessus ?

— Si l'on remonte à l'Egypte ancienne, celle des pharaons, ou si l'on relit les textes sacrés de l'hindouisme...

Ça y était, il était parti, il allait me faire une conférence. Je l'ai stoppé tout de suite.

— Je suis en panne de batterie, le téléphone va s'éteindre, tu peux me dire si ça peut arriver ? Est-ce qu'on peut être la réincarnation de quelqu'un ?

— Dans l'état actuel de la science, il est difficile de se prononcer sur la possibilité d'un retour dans le même univers des mêmes êtres, si l'on accepte les derniers résultats concernant l'étude des rapports du temps et des constituants de l'espace, la réincarnation se réduit à un rêve pour l'humanité.

— Donc si c'est un rêve ça n'existe pas ?

— Les rêves existent à leur manière...

Avec ça, j'étais bien avancé.

— Bref, je peux en conclure que tu n'en sais rien...

— Ce serait malhonnête de ma part de prétendre le contraire.

Et voilà, avec lui, c'était toujours comme ça.

— Merci Tonton, je t'embrasse.

— A bientôt, Zéphyrin.

Bien gentil le tonton, mais il ne m'avait pas été d'un grand secours.

J'ai fini la rédac et je me suis couché encore de meilleure heure que d'habitude. Dehors, le vent se déchaînait, de ma chambre j'entendais les vagues se fracasser contre les rochers qui fermaient l'entrée de la plage.

J'ai fini par m'endormir.

Je me suis réveillé brutalement. J'ai regardé la pendule sur la table de nuit : il était 4 heures. Dehors, l'orage grondait mais ce n'est pas ça qui m'avait tiré du sommeil, c'était une idée.

Une idée simple : je m'étais fait un cinéma d'enfer et j'en étais le seul responsable : j'avais été fasciné par un portrait : rien d'anormal. Quelque temps plus tard, je suis également fasciné par une photo qui ressemble au portrait. Rien d'anormal non plus. Il y a plein de gens qui se ressemblent, ça n'a rien d'extraordinaire. On a tous deux yeux, un nez et une bouche, avec ces éléments, c'est logique que deux personnes soient parfois semblables, la nature ne peut pas varier à l'infini. Par exemple, au lycée les filles disent que Trudier ressemble à Tom Cruise. Elles y croient dur comme fer alors que pas du tout, il est plus près de Dany Boon. Ça prouve quoi ? Que peut-être si je montre à Gilles le tableau du Louvre et la photo d'Angers, et si je lui demande si c'est la même, il me dira que non, pas du tout, ce sont deux filles différentes, qu'il faut être cinglé pour croire le contraire, qu'il n'y a aucun point commun, que l'une est plus proche de Kidman alors que l'autre tire sur Balasko.

Voilà, je me suis fait mon ciné personnel, et qu'est-ce qu'il reste à expliquer ? Les malaises ? Eh bien, j'ai eu des vertiges, voilà, c'est médical, point. Ça m'a fait ça deux fois, et alors ? En plus, je pense que c'est parce que je n'avais pas assez mangé : la première fois, je n'avais pas pris de petit déjeuner parce que j'étais à la bourre, la seconde parce que je me suis goinfré trop vite d'un pain au chocolat. C'était pas suffisant, ça devait manquer de calories, j'avais pas eu ma dose et je me suis retrouvé dans les vapes. Et la blessure du Louvre, on allait pas non plus en faire un camembert et passer l'été dessus. J'avais dû me faire mal le matin sans m'en apercevoir et ça s'était mis à saigner une heure après, pas de mystère.

J'ai eu l'impression d'avoir réglé mon problème et je me suis rendormi malgré le vacarme qui s'amplifiait au-dehors. Quelque chose se déchaînait dans le ciel et par moments, à travers les volets, la lumière des éclairs envahissait la chambre une fraction de seconde. Ça continuait à ressembler à un film d'épouvante, le genre de nuit où les morts-vivants font une virée joyeuse dans les rues de la ville en bouffant tout ce qui traîne sur leur passage.

Coup de pot, ils n'étaient pas de sortie et ils sont tous restés dans leurs tombeaux, ce qui m'a permis de me rendormir.

J'ai repris le train le lendemain à 10 h 45.

Mardi

Et la vie habituelle a repris. Le train-train.

La cavalcade du matin entre douche, Jocelyne, les tartines, le bus et l'arrivée à fond de cale pour s'engouffrer entre les portes du bahut juste avant qu'elles se ferment. Les profs sarcastiques et surmenés, un nouveau prof de gym survolté qui a décidé de nous transformer tous en superchampions omnisports. On enchaîne les tractions, les grimpers de corde, les 400 mètres, les 1 000 mètres, le cheval d'arçon, les parallèles, les pompes, les élongations, les sauts en hauteur, en longueur, en largeur, en profondeur, bref on a terminé en lambeaux, il va falloir prévoir des brancards et, tout à coup, sifflet style commando marines américains. Le pire, c'est qu'il fait juste 1,50 mètre et il est baraqué comme une ablette, mais c'est un concentré de cocktail dynamite-uranium enrichi.

On a été cueillis à froid par un examen blanc. Un vrai complot de tous les profs réunis pour nous sonner à l'improviste, histoire de nous remettre dans le bain dès le retour des vacances. Ça n'a pas traîné. J'ai horreur des examens blancs. Des examens en général mais des blancs en particulier, parce que si tu échoues au blanc tu te dis que tu n'as pas tellement de chances de réussir au vrai. C'est logique. C'est une entreprise de démoralisation. En plus, avec Jocelyne qui surveille mes résultats comme de l'huile sur le feu, j'ai la pression double : j'ai les profs au bahut et j'en ai une spéciale pour moi à la maison. Malheur aux gosses d'enseignants, ils se tapent la double dose d'engueulade. Si je suis pas bien éduqué avec ça, il n'y a plus qu'à tirer l'échelle et fermer les rideaux. Donc examen blanc.

Je m'en souviens bien, ça s'est passé un mardi, toute une journée à bosser comme des malades « dans les conditions de l'examen ». J'ai dû m'en sortir en maths mais avec Pierrot-les-bretelles on ne sait jamais, on peut avoir le bon résultat et une note pourrie car ce qui compte pour lui, c'est la façon dont on l'a obtenue. C'est sa tactique ça, son idée fixe, sa méthode chérie... Donc pas très sûr d'avoir la moyenne... Pour le reste, je ne sais pas.

En fait, c'est toujours comme ça depuis que je tiens ce journal, dès que j'arrive à un moment important de mon histoire, quelque chose qui va être difficile à croire, j'hésite avant de me lancer. Je ne sais pas pourquoi. Je dois avoir la peur que le lecteur ne me croie pas, alors je gagne du temps, je raconte la vie au lycée..., que par exemple, c'est terminé, les amours entre Tom Cruise-Dany Boon et Françoise la Reine de l'Enfer... Je vais essayer de m'appliquer, de ne pas en rajouter, d'être aussi clair que possible, c'est maintenant ou jamais.

Mardi soir, 18 heures.

A cette époque de l'année, il fait nuit. Je suis sorti du lycée dans la bousculade habituelle. Il y a eu comme chaque soir la ruée vers les mobylettes, le métro et les arrêts de bus, et j'ai longé les murs de la boîte pour m'engager sur le pont qui enjambe le cimetière et donne dans ma rue.

J'ai pris ce pont quelques millions de fois.

On surplombe les tombes et ça m'a toujours fait drôle de penser que tous ces morts reposent sous le vacarme des voitures et des cars de touristes qui montent et descendent vers Montmartre.

J'avançais vite parce qu'il faisait frisquet et, sous la lumière des lampadaires, le sol paraissait mouillé.

J'habite un peu plus loin que le tournant, un endroit sans trop d'éclairage. Il y en a un en face de la boutique de Mohammed mais il doit utiliser des lampes à 20 watts, juste pour que la lueur éclaire ses cageots de poireaux et pas au-delà.

Je connais bien le coin, j'y habite depuis toujours ou presque et j'ai vu tout de suite que quelque chose clochait.

Disons que je sentais qu'il y avait dans le décor un élément anormal.

C'était dans la rangée des acacias.

Ce sont des vieux arbres mais ils ne grossissent pas beaucoup. Il faut dire qu'avec la quantité de gaz d'échappement qu'ils dégustent, ils en ont guère la possibilité.

Et derrière un des troncs, il y avait quelqu'un. Quelqu'un qui se dissimulait.

Ce n'est pas un endroit craignos. On trouve plus sur les trottoirs des mémés à chien-chien que des serial killers. Il y a bien le vendredi soir des bandes du 9-3 qui viennent faire les Parisiens sur la Butte, mais ça reste gentil.

Je me suis vaguement demandé pourquoi ce type se cachait, sans que cela m'inquiète beaucoup et j'ai continué à avancer.

J'ai sorti les clefs de la poche de mon anorak et en même temps j'ai composé le numéro du code d'entrée de l'immeuble.

J'ai senti sa présence derrière moi toute proche. C'est là que j'ai pensé au flic. Celui qui était venu m'interroger. Je me suis retourné d'un bloc. La forme avait quitté l'abri des arbres et était devant moi, mais la capuche rabattue m'empêchait de voir son visage qui formait un trou d'ombre.

— Vous êtes Zéphyrin Duval ?

J'ai dit oui et la silhouette a dégagé sa main et a rejeté la capuche. J'ai vu des boucles briller dans la pénombre et le visage s'est éclairé. J'étais appuyé sur le battant de la porte qui était demeurée fermée et je l'ai senti ondoyer contre mes omoplates.

J'ai fermé les yeux pour lutter contre le tournoiement. De toute façon, je n'avais pas besoin de les ouvrir pour savoir qui m'avait posé la question.

C'était elle. Elisabeth D.

Mercredi

Elle portait un jean trop large, un anorak trop grand et un col roulé trop montant. Si on ajoutait à ça des pompes de camionneur, on pouvait pas dire qu'elle tapait dans le style concours Miss France, regarde comme je suis fragile, délicate et sexy. Pas du tout le genre verre filé, un souffle et je me brise. Mais il y avait, comme sur le tableau, comme sur la photo, cette clarté dans l'œil, cette chanson des pupilles... Une chanson gaie, permanente qui ne cessait jamais. Si, peut-être, un jour, lorsqu'elle serait très vieille et encore, ce n'était pas sûr.

Ses lèvres tremblaient un peu. J'ai essayé de dire quelque chose, c'était le seul moment de ma vie où je n'aurais pas supporté d'avoir l'air con et j'ai finalement réussi à articuler.

— C'est moi.

Je la distinguais mieux. Elle avait surtout changé de coiffure, les cheveux étaient plus courts, plus bouclés mais c'était elle, j'en étais sûr, plus je la regardais et plus j'en étais certain.

— Vous êtes Elisabeth.

D'ordinaire, on se tutoie quand on a nos âges mais là, c'était différent, après tout elle arrivait du fond des siècles... Une fille qui a mis quatre cents ans pour venir vous retrouver, ça supporte le vouvoiement.

— Je suis Laurence.

Je commençais à retrouver mes esprits. Elle a eu un frisson et j'ai pensé qu'on ne pouvait pas rester plantés devant cette porte avec le froid qui s'accentuait. Il y avait un café-tabac juste au coin. Ils conservent la terrasse même l'hiver, chauffée par des sortes de lampadaires à gaz et fermée par des parois de plastique transparent.

— On prend un café et vous m'expliquez.

— Je ne peux pas rester...

— Pourquoi ?

— Je dois reprendre le train pour rentrer chez moi. J'habite en banlieue, à Argenteuil.

— Juste 5 minutes...

— Tu es libre dimanche ?

C'était elle qui avait tutoyé la première. Les filles sont toujours plus gonflées que les garçons, je l'avais déjà remarqué. Comme dit Jocelyne, un jour c'est elles qui prendront le pouvoir.

— Pas de problème.

Tu parles que j'aurai pas de problème. Il allait falloir que j'invente une histoire invraisemblable pour pouvoir me carapater... Mais même si ma mère m'enferme dans ma piaule, je descends par la gouttière. Cinq étages en rappel.

— Gare Saint-Lazare à 14 heures devant les valises.

Les valises, c'est une sculpture qui représente des tas de valises les unes sur les autres. D'où son nom. J'aime bien, les valises, ça va bien avec une gare.

— D'accord.

Elle s'est penchée vers moi et j'ai senti ses lèvres sur ma joue. C'était rapide et soyeux et ça sentait bon le parfum, même pas un parfum, un rêve de parfum... Le temps que je réalise, elle filait déjà vers Clichy, elle courait le long de la pente vers l'arrêt du bus qui arrivait juste à ce moment-là pour l'emporter vers la gare. J'ai vu sa silhouette disparaître, elle n'avait pas rabattu sa capuche et ses boucles dansaient à chaque passage dans une lumière plus forte, cela faisait comme une poussière d'or qui, à peine née, s'enfonçait dans l'ombre.

Je suis remonté chez moi sonné comme un boxeur après quinze rounds avec un bulldozer. J'avais l'impression d'avoir, comme dans les BD, un gigantesque point d'interrogation au-dessus de la tête, et ça pouvait se traduire par une unique question : Comment m'avait-elle retrouvé ? Qu'est-ce qui s'était passé dans sa vie pour qu'elle me recherche et comment s'y était-elle prise pour y parvenir ? Comment savait-elle seulement qu'un garçon avait retrouvé sa trace à travers les siècles et que c'était moi ? Il y avait de quoi attraper 100 000 migraines.

Tout cela tournoyait dans ma tête mais au-dessus de toutes ces questions, il y avait quelque chose d'autre qui surnageait, c'était une vague, une vague énorme, déferlante qui était la joie de la revoir... Que ce soit moi qui y sois arrivé ou elle, je m'en foutais pas mal. Les problèmes s'éclairciraient, il y avait bien une solution à tout cela. Je connaîtrais bien un jour les clefs du mystère, pour l'instant ce qui comptait avant tout, c'était dimanche. 14 heures devant les valises.

Rien ne comptait sauf cela.

Dès le lendemain de la rencontre avec Laurence, j'avais attaqué Jocelyne. Je m'en souviens très bien, c'était un jeudi soir. Avant qu'elle ait eu le temps de poser son sac j'ai enfoncé le clou.

— Je serai pas là dimanche après-midi.

Attention, chez moi c'est quand même pas Fleury-Mérogis, d'habitude une petite excuse et ça suffit. Faut pas trop que j'exagère il y a pas une pointeuse dans l'entrée mais avec les examens qui approchent et le niveau de mes résultats, elle a décrété que le dimanche, c'est boulot, révision, immersion, préparation et concentration, donc il fallait un alibi ficelé serré.

— Gilles m'a demandé de venir chez lui pour garder sa sœur.

Je n'aime pas quand elle lève un seul sourcil, ça veut dire qu'elle ne me croit pas ou au minimum qu'il y a un doute.

— Il peut pas la garder lui-même ?

J'avais prévu le coup.

— Il faut qu'il aille à l'hôpital voir son oncle.

— Tout l'après-midi ?

— C'est pas à Paris.

— C'est où ?

Il y a des milliards de villes sur la planète, même en France, des villes où il y a un hosto, ça pullule, même plusieurs hostos dans certaines, eh bien ça paraît à peine croyable mais impossible d'en trouver une seule. En ce moment par exemple, je peux en citer un paquet de villes, si je fais la liste ça peut atteindre au moins dans les trois cents, eh bien au moment où Jocelyne me pose la question, j'ai un trou. Un trou énorme, plus une seule ville dans l'Hexagone, elles ont toutes foutu le camp. Finalement, j'arrive à en choper une par miracle.

— Bordeaux. Il faut qu'il aille à Bordeaux.

— Avec ses parents ?

— Ben oui.

— Et ils laissent leur fille seule ?

— Ben oui.

— Arrête de dire « ben oui ». Quel âge elle a ?

— 5 ans.

A partir de ce moment, j'invente sans réfléchir en me disant que s'il existe un Dieu pour les menteurs, il est temps qu'il s'intéresse à moi.

— Et pourquoi elle va pas à Bordeaux avec eux ?

Ça y est, c'est son côté flic qui reprend le dessus. Commandant Jocelyne Duval de la police judiciaire, spécialiste des enquêtes réglées en moins de dix secondes.

— Elle ne va pas à Bordeaux avec eux parce qu'elle est trop jeune.

Comme l'explication est un peu courte, je complète.

— Ils veulent pas qu'elle voie son tonton à l'hôpital.

— Qu'est-ce qu'il a ?

— La prostate.

J'ai toujours eu tendance à m'enferrer, à en faire trop. Je pouvais très bien lui dire que je n'en savais rien mais non, il fallait que je précise, que je fasse l'intéressant. En plus, je ne sais pas exactement où se trouve la prostate ni ce que c'est exactement, je me doute que ce n'est pas dans la région des oreilles et que ça s'enlève au bistouri mais à part ça, ça reste flou.

Elle me regarde, le sourcil encore plus froncé qu'à son arrivée. Je prends mon air le plus naturel possible, ce qui est plus compliqué qu'on le croit quand on est en train de raconter des salades, et pendant quelques secondes, je pense que l'affaire est dans le sac.

Pas du tout.

— Tu ne m'avais jamais dit que ton copain avait une sœur.

— Je savais pas que ça t'intéressait de le savoir.

Elle réfléchit un moment et elle dit :

— Mais c'est loin Bordeaux, elle va rester au moins toute une journée… Qui va la garder avant que tu n'arrives ?

— La voisine.

Je pense à ce moment-là que les choses se compliquent de plus en plus.

— Quelle voisine ?

— Celle du dessous. Elle vient souvent chez eux.

— Et elle peut pas venir tout le dimanche ?

— Non parce qu'elle doit partir dans l'après-midi.

Si elle me demande pourquoi, je dirai que son frère qui vient la voir tous les deux ans du fin fond de l'Aveyron arrive justement ce jour-là, mais elle a décidé d'abandonner. Pour clore le débat définitivement, j'ajoute :

— J'apporterai mon boulot, ça ne me fera pas perdre de temps.

Elle me fait son regard de suspicion et j'ajoute :

— J'ai acheté des pizzas pour ce soir.

Je sais qu'elle aime ça. Elle soupire et se tait.

Il restait quatre jours avant le jour J.

Jeudi

Je me souviens que pendant ces quatre jours j'ai passé beaucoup de temps devant la glace.

Comment j'allais me saper dimanche ?

D'ordinaire, c'est n'importe quoi. Je ne fais pas attention. Tee-shirt l'été, pull l'hiver, jean douze mois sur douze et roule ma poule. Je change quand c'est sale, je garde quand c'est propre et vraiment c'est pas mon souci. Au bahut, je dois faire un peu exception parce que les mecs font semblant de rien mais, en fait, ils suivent la mode comme pas permis. Il y a un groupe tendance sportive. Ceux-là se la jouent star de football. Si Zidane avait joué en tutu, ils en auraient mis un. Quand Ronaldinho s'est fait tatouer le biceps, Tudrier, Galdaux et Blousart ont suivi dans les trois jours. Il y a d'autres tendances, ce qui marche fort, c'est le chanteur ou la chanteuse à la mode. Il y a une fille dans la classe, son truc c'est la Star Ac. Elle s'habille comme la gagnante et c'est pas plus compliqué que ça, elle a toute la panoplie exacte : la coupe de cheveux, les piercings s'il y en a, les fringues, les chaussures, le rouge à lèvres, le fond de teint, tout le bordel. Même si le résultat est atroce, elle s'en fout, tout pour ressembler à la grande chèvre maigrichonne de 1,80 mètre sans les talons alors qu'elle pèse deux fois plus lourd pour 1,40 mètre. Même Gilles est sensible à ça. Je le vois bien quand on passe devant un magasin, il fait celui qui s'en fout mais il zieute les vitrines, il s'est même fait offrir par ses parents à la Noël un falzar si flashy que c'est une horreur. Claude François à côté c'est pâlichon, c'est sobre, c'est même croque-mort.

Donc voilà, je m'y suis mis aussi. Mercredi, j'ai pensé que j'allais la taper grand style, le costard pour les grands jours. A croire que je ne vis que des petits jours parce que je le mets jamais. « Il est très chic », dit Jocelyne. Quand Jocelyne vous dit que vous êtes très chic, vous n'avez pas à vous en faire, ça signifie que vous pouvez participer au Conseil des ministres sans vous faire remarquer. Si j'ajoute la cravate qui va avec, vous pouvez être candidat à l'Elysée avec des chances d'être élu. Le jeudi, j'avais changé d'idée. Souple et décontracté avec cache-col négligé, le type qui se fout éperdument de l'impression qu'il peut donner parce qu'il est de très loin au-dessus de ça, ça l'indiffère, ça lui semble réservé au commun des mortels donc pas lui. Le vendredi, je devais être de mauvais humeur, car j'ai eu envie de rajouter la touche voyou. J'enfonçais le bonnet jusqu'au sourcil, et je sortais le blouson noir, les lunettes de soleil et dix bagues tête de mort que je ne mets jamais parce que si Jocelyne tombe dessus, ce sera pas ma fête, ce sera ma superfête. Mon hyperfête et encore, je n'imagine pas ce qui pourrait arriver. Le samedi, j'ai sombré dans le désespoir parce que je n'arrivais pas à me décider et que si ça continuait comme ça, j'allais y aller en pyjama, celui qui est trop petit pour moi, avec la tête de Nounours qui pleure sur le ventre et la même tête de Nounours dans le dos. Cadeau de papa Noël 2006. J'avais 11 ans. Il est inusable. Impossible de s'en débarrasser. J'ai les manches qui arrivent au milieu des avant-bras et les jambes me couvrent à peine les genoux. Tout ça n'est déjà pas facile à vivre mais pour compléter le tableau, il faut préciser qu'il est rose. Pas un peu rose. Rose.

Le rose des layettes, celui qui fait vomir les nourrissons. Les parents croient que si leur gosse est malade, c'est le biberon qui ne passe pas, pas du tout : c'est le rose. Quatre ans que je dors en rose. Je sais ce que c'est que la misère.

Finalement, le dimanche est arrivé et je me suis habillé comme d'habitude. Elle avait dit 2 heures.

10 heures du matin n'avaient pas sonné que j'avais l'impression d'être déjà en retard. La gare Saint-Lazare, même à pied, ça fait vingt minutes de chez moi. Je peux y aller par le bus, par le métro direct donc pas de souci. Je crois que ça a été la pire matinée de ma vie. Horrible. Je ne tenais pas en place. J'ai fait les courses et Jocelyne traînait dans la cuisine, à croire qu'elle

le faisait exprès... A cette allure-là, elle n'arriverait jamais à faire cuire les biftecks que j'étais allé chercher.

Je n'arrivais pas à quitter la pendule de l'œil et je n'avais jamais vu les aiguilles tourner à cette allure.

On a mangé et à 13 heures je me suis levé d'un bond. Jocelyne m'a regardé avec surprise.

— Mais tu as rendez-vous à 14 heures !

Il faut préciser une chose que j'avais complètement oubliée : Gilles habite deux rues derrière chez moi, même en marchant sur les mains vous ne mettez pas plus de trois minutes pour vous rendre chez lui.

— Je préfère être en avance qu'en retard.

Elle a eu l'air impressionnée par ma remarque et avant qu'elle ait ouvert la bouche pour rétorquer, j'avais déjà mis l'anorak, ouvert la porte, passé le seuil, refermé la porte, constaté que l'ascenseur était occupé, dévalé les escaliers, salué la gardienne et jailli dans la rue.

Un centième de seconde plus tard, j'étais sous les valises de Saint-Lazare. Je n'avais même pas eu le temps de m'essouffler et j'avais trente-cinq minutes à attendre. J'ai eu l'impression que l'endroit où je me trouvais était un lieu de rendez-vous assez fréquent. Deux filles attendaient près de moi et un gros type qui faisait semblant de lire le journal ne quittait pas des yeux les escaliers de la gare. J'ai pensé aller sur le quai et la cueillir à la descente du train d'Argenteuil. Ce serait pas bête, mais je me suis dit que ce n'était pas parce qu'elle habitait Argenteuil qu'elle arrivait d'Argenteuil. Supposons qu'elle soit à Paris depuis la veille, qu'elle ait dormi chez une copine et, à 14 heures, elle est sous les valises pendant que moi je suis au bout du quai à regarder si elle arrive alors qu'elle est déjà là. Alors qu'est-ce qui se passe ? Je ne la vois pas et elle pendant ce temps-là elle me voit pas non plus et se tire avant que je revienne. Cata totale. Echec sur toute la ligne.

J'avais beau marcher de long en large ça commençait à cailler sec. Le ciel était gris, un couvercle de marmite norvégienne. Une impression que la nuit allait tomber avec six heures d'avance ou alors qu'il allait neiger ou même que la fin du monde allait arriver.

Et soudain elle était là. Je ne l'avais pas vue venir.

Elle portait le même anorak que le premier jour. Un cache-col en plus, rouge. J'ai eu l'impression que c'était la seule couleur au monde qui existait à ce moment-là. Tout était gris, partout, du ciel aux trottoirs, la façade de la gare, les rues, les toits, les voitures, les fringues, les gens, leurs bagages, ça allait du noir goudron au blanc sale, mais elle, elle avait de la couleur. La seule au monde.

Elle avait un sac sur le dos. C'est la mode depuis quelques années. J'en ai eu un aussi mais la lanière s'est cassée.

J'ai du mal à raconter ce qui s'est passé à ce moment-là. Il faudrait que je sois écrivain et c'est pas le cas. Et en plus, même un écrivain, je ne suis pas sûr qu'il y arrive. En fait, depuis qu'elle était là, tout s'était calmé, comme si les voitures s'étaient mises à rouler moins vite, comme si le bruit qu'il y a toujours dans Paris avait baissé d'un ton, tout était plus lent, plus souriant aussi, brusquement les gens que l'on croisait, ceux qui sortaient du train comme ceux qui y entraient, étaient devenus gentils, ils ne se fonçaient plus dessus avec leurs bon dieu de bagages à roulettes.

Et puis, je ne sais plus très bien ce qu'on s'est dit, c'est curieux d'ailleurs, il n'y a pas très longtemps que ces événements ont eu lieu et il m'est presque impossible de m'en souvenir, comme si cette rencontre s'était déroulée il y a quelques millions d'années. Je sais que nous avons marché et que nous nous sommes arrêtés dans un café. Je serais incapable de le retrouver. C'était un vieux bistrot dans une rue étroite et nous étions seuls. Derrière le comptoir, la patronne fumait des Gauloises en série en regardant à travers les vitres sales.

Les banquettes étaient usées. Laurence avait posé son sac à côté d'elle et s'était débarrassée d'un gilet matelassé, et même si je n'avais pas la tête à ça, j'ai remarqué qu'elle était bien roulée. Enfin si, j'avais la tête à ça.

C'était étrange, on avait des foules de choses à se dire et on n'arrivait pas à se décider, j'avais l'impression de me tenir avec elle au bord d'un précipice, on allait devoir sauter dans le torrent en dessous de nous et évidemment il y avait de l'hésitation dans l'air. Je vais encore une fois essayer de reproduire exactement ce que l'on s'est dit et ce qui s'est passé cet après-midi-là, elle devant son crème moi devant mon café.

Il était horrible ce café, un relent de vieille chaussette, mais je n'y ai pas fait attention sur le moment. Je crois que c'est moi qui ai posé la première question. J'ai commencé par le début. Tant qu'à faire, c'est encore le plus simple.

— Tu connais un peintre qui s'appelle Jacob Van de Johnen ?

— Depuis l'âge de 4 ans et demi.

Ça m'a soufflé. Elle a dû le comprendre et a expliqué :

— Mon père est antiquaire. Dès que j'ai su marcher, il a commencé à me traîner dans les musées. Un jour, il m'a amenée devant le tableau de Van de Johnen et il a dit : « Tu ne trouves pas qu'elle te ressemble ? » J'étais suffoquée. Il y a un peu moins d'un an, j'y suis retournée et j'ai trouvé que la ressemblance s'était accentuée, car la fille qui a servi de modèle devait avoir le même âge que celui que j'ai aujourd'hui.

J'ai ouvert la bouche pour poser une autre question lorsqu'elle m'a interrompu.

— Je sais ce que tu vas me demander : comment j'ai su que tu avais été blessé devant ce tableau et comment je t'ai retrouvé. Je vais te répondre, mais avant je voudrais te montrer quelque chose.

Elle a pris son sac à dos et tiré sur la fermeture Eclair. Ses yeux se sont fixés sur les miens avec plus d'intensité.

— Tu es bien assis ?

— Je me cramponne.

Elle a sorti un objet très plat, rectangulaire, enveloppé dans un journal. Je ne sais pas très bien apprécier les dimensions mais il devait faire, en gros, 20 centimètres sur 30. Elle l'a posé sur le marbre de la table après avoir repoussé nos deux tasses.

Avec précaution, elle a écarté le journal.

Je me suis penché.

C'était un tableau. On y voyait mal dans le bistrot, nous nous trouvions assez loin de la fenêtre qui était l'unique source de lumière, mais je n'en avais pas besoin de beaucoup pour reconnaître le personnage unique qui occupait le centre de la toile.

C'était moi.

Vendredi

J'ai eu du mal à quitter le portrait des yeux.

Je ne suis pas spécialiste mais il y avait une chose dont j'étais sûr, c'est que l'époque à laquelle avait été peint ce tableau était identique à celle d'Elisabeth D. et que le peintre était le même. Je portais un vêtement noir, sans doute un pourpoint de velours, et un col de dentelle blanche me grimpait jusqu'aux oreilles.

J'ai relevé la tête avec peine.

— Où as-tu eu ça ?

Elle a souri.

— Il est à la maison depuis deux ans. Mon père l'a acheté à un brocanteur de La Haye qui le lui a vendu pour quatre sous. Il l'a fait expertiser et, bien qu'il ne soit pas signé, il ne fait pas de doute qu'il a été peint par Van de Johnen.

Lorsque son père avait rapporté le tableau chez lui et qu'il l'avait déballé devant elle, elle avait ressenti une sorte d'étouffement, et elle m'a décrit le plus exactement possible la série de ses malaises. A peu de chose près, c'était ceux que j'avais eus au Louvre et devant le photographe d'Angers.

Tout cela n'expliquait pas comment elle avait pu me retrouver. Elle s'est alors lancée dans un récit qui a duré presqu'une heure. Je n'arrivais pas à détacher mes yeux des siens et ce qu'elle me disait me paraissait totalement fou. Et pourtant...

Elle a commencé ainsi :

— Il y a un peu plus d'un mois, notre prof de français, c'est une femme, nous avait donné comme sujet de rédaction le commentaire d'un fait divers que nous choisirions dans un journal quelconque. Je ne lis pas d'ordinaire les journaux mais là, j'ai bien été forcée de le faire. J'en ai acheté deux jours de suite et rien ne me tentait, c'était toujours un peu la même chose : des incendies dans des immeubles insalubres, des accidents de voiture à la sortie des boîtes, des filles qui accouchaient clandestinement... Le temps tournait et je ne trouvais toujours rien jusqu'à ce qu'un soir, alors que je tournais les pages de mon canard du jour, je tombe sur quatre lignes qui m'ont fait bondir. Je ne me souviens pas des mots exacts mais en gros la dépêche relatait qu'un lycéen d'une quinzaine d'années avait été blessé dans une salle du musée du Louvre au cours d'une sortie scolaire. Le journaliste ne s'étendait pas, il informait qu'une enquête de police avait été ouverte et qu'il devait s'agir une fois de plus d'un cas de violence chez les jeunes.

— Il était tard mais j'ai tout de même décroché le téléphone, appelé le journal et je suis finalement arrivée à avoir l'auteur de l'article au bout du fil. Il ne savait pas grand-chose de plus que ce qu'il avait écrit mais j'ai pu obtenir deux renseignements supplémentaires : le premier était que l'accident s'était produit dans le département des peintures flamandes. Il n'a pas su me dire le nom de la salle mais quand il me l'a décrite, j'ai su que l'attaque avait eu lieu devant mon portrait. Plus exactement sous le portrait d'Elisabeth D.

J'ai commandé un nouveau crème pour elle et un autre pour moi. Je n'allais pas dormir pendant quinze jours mais cela n'avait aucune importance. Deux jus de chaussette dans la même journée.

J'ai tenté de faire le point.

— OK. A cet instant-là, au moment où le journaliste te renseigne, tu sais qu'un garçon a eu un accident devant le tableau que tu penses être le tien, mais ça ne suffit pas pour me retrouver. Ni surtout pour en avoir envie.

— Pour te retrouver, je sais déjà comment faire : le journaliste ne sait pas ton nom, il l'ignore et de toute façon il ne le communiquerait pas puisqu'il s'agit d'un mineur, mais il m'apprend que le garçon en question est au lycée Jules-Ferry. Comme ton âge approximatif est mentionné, je sais que tu es en 2de, en 3e si tu as du retard, en 1re si tu as de l'avance.

— Pas de danger de ce côté-là. Je suis miraculeusement en 2de.

Elle rit. Jolies dents. Un des buts principaux de mon existence va être désormais de la faire rire. Je reprends.

— Au point où tu en es, je ne vois pas ce qui te pousse à me rechercher…

— Il y a autre chose que je ne t'ai pas montré encore.

Le moins qu'on puisse dire, c'est qu'elle sait ménager le suspense.

Sa main plonge à nouveau dans son sac et en ressort une feuille. La dimension normale d'une feuille de papier pliée en quatre qu'elle pose devant elle.

— Tu vas voir un dessin. Plus exactement une gravure. L'original est dans un vieux livre que je connais depuis mon enfance. Mon père achetait de tout avant de se spécialiser dans la peinture : des meubles, des bijoux, des bouquins, des armes… Et parmi les bouquins, il y en avait un très ancien que je regardais souvent étant enfant. Il est écrit en hollandais et date du XVIIIe siècle. Mon père ne l'a jamais vendu pour deux raisons : la première est que je l'aimais beaucoup, la seconde parce qu'il est très abîmé et qu'en particulier il manque la fin, au moins cinq pages.

J'avais toujours les yeux fixés sur la feuille pliée. Elle s'en est aperçue.

— J'ai fait une photocopie. Ce que tu vas voir illustre un conte ancien. Mon père l'a fait traduire : il s'agit de l'histoire d'amour entre un garçon et une fille issus de deux familles riches d'Anvers. Ils se sont juré fidélité et tout le monde est d'accord pour qu'ils se marient au prochain Noël. Ils ont 15 ans l'un et l'autre mais ce n'est pas gênant, on se mariait tôt à cette époque. Tout va donc très bien jusqu'au jour où le frère de la fille revient de la guerre contre les Français et n'accepte pas le mariage de sa sœur. Regarde.

Elle m'a tendu la feuille et je l'ai dépliée. C'était une superbe gravure en noir et blanc, sans doute faite à la plume.

Le décor représentait une grande salle de château avec des colonnes et des armures alignées le long des murs. Le plafond semblait très haut.

Au centre se tenaient trois personnages.

Une fille, le sosie de Laurence, semblait terrorisée. Elle portait la même robe que sur le tableau. Devant elle, la protégeant de mon corps, je me tenais debout. Un troisième personnage, le visage invisible, était de dos. Il brandissait dans sa main droite une longue épée de guerre dont la pointe s'enfonçait dans le bras du jeune homme face à lui.

J'ai porté la main à mon avant-bras. C'était au millimètre près à l'endroit exact de ma blessure.

J'étais stupéfié. Je suis arrivé à m'arracher à la contemplation de la gravure.

— C'est une histoire de louf.

Ce n'était pas une remarque très brillante, mais c'est ce qui m'a paru traduire le mieux mon désarroi.

— Et comment l'histoire finit-elle ?

— Je n'en sais rien. La dernière feuille restante relate la colère du frère et son agression envers le fiancé de sa sœur. Ça s'arrête là.

— On ne sait donc pas ce qu'il est advenu d'eux ?

— Non.

Elle a vidé son crème d'un trait.

— Tu comprends maintenant pourquoi j'avais envie de te rencontrer.

J'ai hoché la tête. Cela lui avait été facile, elle avait attendu la sortie de Jules-Ferry en se tenant un peu à l'écart et, alors qu'elle s'apprêtait à demander à un groupe d'élèves qui était le garçon blessé au musée, elle m'avait aperçu et reconnu tout de suite. Elle m'avait suivi une première fois pour connaître mon adresse, puis épié et abordé dès le lendemain.

Je lui ai raconté à mon tour l'histoire d'Angers, ma rencontre avec sa photographie et elle m'a donné le fin mot de l'histoire. C'est par le plus grand des hasards qu'aux vacances dernières elle était entrée dans cette boutique. Elle campait avec des copines sur les bords de la Loire et elle avait décidé de se faire tirer le portrait. Le photographe du centre commercial était fermé en août, une vieille dame leur avait indiqué cette adresse.

Je n'étais pas sûr que l'histoire devenait plus claire mais enfin les choses se précisaient.

Nous nous sommes regardés.

— Comment tu expliques tout ça ? j'ai demandé.

— Je n'en sais rien.

La patronne du bistrot commençait à nous regarder avec un drôle d'air. Manifestement, étant donné le nombre de clients, elle avait décidé de fermer. Cela faisait plus de deux heures que nous étions là et elle avait dû fumer un demi-wagon de cigarettes.

Nous nous sommes levés. Il fallait que je rentre et elle aussi.

Dehors, il faisait de plus en plus froid. Elle a frissonné et j'ai posé mon bras autour de ses épaules. Elle s'est tournée vers moi et a dit :

— Il y a quatre siècles, nous étions amoureux.

C'est le genre de phrase qu'on n'a pas tellement l'habitude de s'entendre dire.

— On va voir si ça continue…

Ma remarque l'a fait sourire. Pour moi, elle était stupide parce qu'amoureux je l'étais déjà et ça ne faisait qu'empirer de seconde en seconde.

Il tombait une sorte de neige fondue qui nous glaçait les os et très vite nous sommes arrivés à la gare.

— J'ai un train dans trois minutes.

Tout allait très vite, trop vite, je m'apercevais trop tard que je n'avais pas eu le temps de lui parler vraiment.

Nous étions dans la salle des pas perdus lorsqu'elle m'a pris la main et l'a serrée avec violence. Je l'ai regardée.

Je n'avais encore jamais vu cette expression sur son visage. Elle avait peur.

Quelque chose venait de se produire qui la terrorisait.

— Qu'est-ce qu'il y a ? Qu'est-ce que tu as ?

Nous nous étions arrêtés devant les guichets, des voyageurs se croisaient dans tous les sens autour de nous. Elle ne m'a pas répondu, je pouvais voir ses lèvres trembler.

Je l'ai secouée et elle a fini par murmurer :

— Je ne t'ai pas tout dit...

— On a juste le temps, dépêche-toi.

On s'est mis à courir, son train était à la voie 12. Nous avons longé des compartiments déjà bondés et elle a mis le pied sur le marchepied.

— Je t'ai mis le numéro de mon portable derrière la photocopie.

— Je t'appelle demain.

Des gens nous ont bousculés.

C'était comme dans un film, j'en avais vu des tas avec cette scène mais au cinéma, c'est le type qui part en général à la guerre, il y a la foule, les gens s'embrassent, on voit des fusils, des visages aux fenêtres, des baisers désespérés... On pouvait pas comparer, c'était moi qui restais sur le quai et elle ne partait que pour Argenteuil, c'était quand même pas de l'autre côté de la planète.

Il y a eu un coup de sifflet. Une fille m'a doublé à toute allure et s'est engouffrée juste avant que le portillon se referme. J'ai vu Laurence derrière la vitre qui nous séparait. Elle essayait de sourire mais n'y arrivait pas, et puis elle a disparu. Je suis resté sur le quai, sonné, avec deux énormes regrets. Le premier était de ne pas savoir ce qui lui avait fait peur, le second, le plus important, était de ne pas l'avoir embrassée. Ça, c'était le plus dur à digérer.

J'étais vraiment un con. Je suis sorti.

Au pied des escaliers de Saint-Lazare, le sol était blanc. La neige tombait sur Paris.

Samedi

J'ai mal dormi cette nuit-là.

Dès je commençais à sombrer, le visage de Laurence m'apparaissait, le dernier visage qu'elle m'avait montré, celui d'une fille terrorisée et je n'arrivais pas à comprendre pourquoi.

J'ai commencé à l'appeler en utilisant le portable de Gilles pendant les interclasses. Ça a duré toute la matinée. J'ai dû essayer dix fois. Chaque fois, je suis tombé sur un répondeur.

Les cours du lundi finissant à 16 heures, je suis rentré chez moi à toute allure et j'ai continué à appeler régulièrement à partir du téléphone fixe. J'avais laissé un message et j'ai recommencé en lui disant de me rappeler de toute urgence.

C'est à ce moment-là que mes yeux sont tombés sur le calendrier et que j'ai aperçu la date du jour.

C'était celui de l'anniversaire de Jocelyne et je n'avais rien préparé, rien à offrir, avec tous ces événements j'avais totalement oublié la superbe créature qui m'avait mis au monde.

Une seule personne pouvait me sauver : le grand commandeur des croyants, le prince du désert et autres lieux, Mohammed, mon épicier favori.

Je suis descendu et il m'a accueilli avec son éternel sourire.

— Voilà Firin qui vient voir son humble serviteur, désirerait-il par hasard quelques kilos de pommes de terre ?

Il n'oubliera jamais. Si je vis centenaire et qu'il est toujours là, il me resservira encore la même vieille plaisanterie.

— Mohammed, il faut que je prépare un repas d'anniversaire !

Après une discussion serrée, je me suis retrouvé avec une bouteille de champagne, du couscous en boîte et des esquimaux à la pistache, le parfum préféré de ma mère bien-aimée. Mon vendeur m'a fait crédit car j'étais en période de basses-eaux et en rassemblant toute ma fortune, j'ai cavalé jusqu'à la rue de Clichy chez un vendeur de montres. On voit sa vitrine à des kilomètres tellement ça scintille. Lorsque j'étais enfant, je croyais que tout était en or et diamant. J'ai changé d'avis car à 10 euros les deux tocantes, ça serait vraiment une affaire.

Il y en avait des monceaux dans la boutique. On a l'impression que des camions bennes en provenance de Chine et de Corée du Sud déversent en vrac leur chargement chez lui. J'ai choisi la plus sobre, ce qui n'a pas été facile. Certains chronos avaient tellement de cadrans et d'aiguilles qu'on devait avoir fait une agrégation de maths pour pouvoir lire l'heure. Je m'en suis sorti avec 6 euros, paquet-cadeau en prime. Ça tombait bien, je n'avais pas plus.

Il y a quelques années c'était plus simple et Jocelyne a eu droit à tout : le bougeoir en fil de fer et coquille Saint-Jacques, en passant par l'inévitable collier de nouilles peintes à l'aquarelle à éviter de porter par temps de pluie, jusqu'au dessous-de-plat en terre cuite avec « Bon anniversaire maman » écrit avec des petits cœurs roses (deuxième année de maternelle).

Elle a été surprise lorsque j'ai sorti la bouteille du Frigidaire parce que si j'avais failli oublier la date, elle y avait réussi parfaitement. Elle a été encore plus surprise par le couscous. Le fabricant, pour des raisons inconnues, avait forcé sur le piment. Je me suis même demandé s'il n'y avait pas eu une fausse manœuvre, la machine à déverser les épices dans les boîtes devait être déréglée, de sorte que non seulement on a fini le champagne mais on a éclusé chacun environ 30 litres d'eau pour éteindre l'incendie. La montre a eu l'air de lui faire plaisir. Dans la boutique, j'avais eu l'impression d'acheter un petit modèle mais à son poignet, ça donnait l'impression qu'elle avait emporté le carillon de Westminster. Avec une horloge pareille autour du bras, il devait être impossible d'arriver en retard.

Comme on finissait chacun notre esquimau, le téléphone a sonné.

J'ai bondi. C'était elle. Je lui ai dit que je ne pouvais pas parler pour le moment. Que je la rappellerai plus tard.

Jocelyne m'a regardé avec l'air qu'elle prend lorsqu'elle veut me donner l'impression qu'elle ne s'intéresse pas du tout à ce que je vais dire.

— Qui c'était ?

— Une copine.

— Ah.

Quand elle dit « Ah », ça signifie que je vais avoir droit à une batterie de questions FBI, CIA, du style : « Et sous quel fauteuil de la Maison Blanche avez-vous caché cette bombe au plutonium ? » Ça n'a pas loupé.

— Quelle copine ?

— Tu ne la connais pas.

— Elle est au lycée avec toi ?

— Non.

— Je te remercie de répondre si longuement à mes questions. Si je te les pose, c'est que je m'intéresse à tes fréquentations.

— Merci de te soucier de moi.

Elle finit son esquimau, ce qui me donne cinq secondes de répit, et ça repart :

— Tu l'as rencontrée comment ?

— Par hasard.

Elle hoche la tête. Je ne connais pas une femme au monde plus entêtée qu'elle. Elle ne me lâchera pas.

— Il y a longtemps ?

Je soupire. Je sais qu'elle va me tirer les vers du nez même si elle doit y mettre trois jours pour y parvenir. Elle est très douée pour ça.

Un jour où j'aurai le temps, il faudra que je raconte ma vie avec Jocelyne. On a douze ans de cohabitation en commun. Mon père est parti quand j'avais 3 ans. Depuis cette époque nous vivons en couple, elle et moi.

Je suppose que ça a été dur pour elle mais elle ne me l'a jamais fait sentir. Tout a toujours été très gai à la maison. Nous avons beaucoup joué, beaucoup ri et j'ai rêvé longtemps de me marier avec elle. Je lui avais d'ailleurs demandé sa main et je me souviens avoir été très vexé qu'elle me l'ait refusée.

En tout cas, même si c'est une véritable tortionnaire pour tout ce qui touche à ma scolarité, je suis toujours heureux qu'elle soit là malgré sa manie de poser des questions. Depuis pas mal de temps déjà je me demande s'il y a eu, ou si elle a, un autre homme que moi dans sa vie. Mystère total. A une époque, ça doit remonter à trois ans, un de ses collègues avait tendance à venir bouffer à la maison un peu souvent. Un petit frisé prof d'histoire-géo qui la jouait copain avec moi. J'ai eu un doute, mais franchement je crois qu'il ne s'est rien passé entre eux. Elle était trois catégories au-dessus et quand je dis trois catégories, je suis en dessous de la vérité, en gros et pour simplifier elle est pas si loin que ça de Cameron Diaz alors que lui il se rapprochait davantage de Coluche. Ça ne pouvait pas coller.

Il était près de minuit quand nous nous sommes séparés. Jocelyne, champagne aidant, était très en forme, et si elle n'avait pas eu comme d'habitude un demi-milliard de copies à corriger elle était bien partie pour bavarder tout le reste de la nuit.

Elle s'est enfermée dans sa chambre-bureau et dès que la porte a été refermée, j'ai foncé sur le téléphone du salon. La première sonnerie n'était pas achevée que Laurence décrochait. On a commencé par parler tous les deux en même temps, moi lui disant que j'avais cherché à la joindre toute la journée et que ce soir j'étais d'anniversaire, elle qu'elle avait gardé son portable fermé et qu'elle attendait mon appel, et finalement je suis arrivé à lui poser la question qui me tarabustait depuis la veille : de quoi avait-elle eu peur la veille en partant, à la gare Saint-Lazare ?

Il y a eu un blanc au bout du fil et j'ai senti une hésitation dans sa voix. Elle a fini par se décider.

— J'ai vu quelqu'un.

C'était un peu court comme explication, j'ai décidé d'insister.

— Quelqu'un que tu connais ?

— Non.

Un autre blanc. Je commençais à en avoir assez de patauger dans les mystères. J'allais la prier de m'en dire davantage lorsqu'elle s'est lancée.

— Cela m'arrive depuis quelque temps..., à la sortie du collège, à l'arrêt du bus, dans ma rue... J'ai l'impression d'être suivie.

J'étais chez moi tranquille, tout dormait à part Jocelyne et moi et pourtant j'ai senti mes poils se dresser sur mes avant-bras. J'ai même dû regarder autour de moi histoire de voir si la créature de Frankenstein n'allait pas sortir de sous le divan, Dracula entrer par la fenêtre et Freddy défoncer la porte d'entrée.

— Tu en as l'impression ou tu en es sûre ?

— J'en suis presque sûre.

— Et c'est ça qui t'a fait peur dimanche ?

— Je n'ai pas eu le temps de t'en parler, le train allait partir...

— Qui as-tu vu exactement ?

— Juste une silhouette qu'il m'a semblé reconnaître. Toujours la même.

— Un homme ou une femme ?

Moi aussi je savais poser des questions. Ce doit être une question d'hérédité.

— Un homme.

— Tu as vu son visage ? Tu pourrais le reconnaître ?

Elle a eu une nouvelle hésitation.

— Pas vraiment. C'est plus une silhouette... qui se tient toujours loin de moi et donc je n'arrive jamais à voir ses traits...

En plus, voilà l'Homme invisible qui entrait dans le jeu. Comme si c'était pas assez compliqué comme ça.

J'ai essayé de faire le point.

— Ecoute, toute cette histoire est bizarre, tu ne crois pas que tu donnes de l'importance à quelque chose qui n'en a pas ? Peut-être que tu t'imagines être suivie ou alors, s'il y a vraiment un mec, c'est qu'il veut te draguer.

Elle s'est mise à rire.

— C'est pas du tout ça. Si ce type veut me draguer, il s'y prend vraiment mal... En plus, je lui trouve quelque chose d'inquiétant.

— Mais tu ne l'as jamais vu de près !

— C'est peut-être pour ça...

— Tu crois possible qu'il t'ait suivie depuis Argenteuil, qu'il nous ait vus entrer dans ce bistrot et qu'il t'ait vue reprendre le train de retour.

— Il n'a pas pris le train de retour.

Quelque chose dans sa voix m'a averti :

— Tu en es certaine ?

— Certaine. A l'arrivée à la gare d'Argenteuil, j'ai couru sur le quai pour être la première, je me suis planquée et j'ai regardé descendre tous les voyageurs, c'est facile, il n'y a qu'une sortie et je suis sûre d'une chose, il n'était pas là.

— Donc il est resté à Paris.

— Quelque chose m'inquiète, Zef.

C'était la première fois qu'elle m'appelait par mon prénom mais je n'y ai pas prêté beaucoup d'attention. J'ai senti que ce qui allait suivre n'allait pas être agréable.

— Quoi ? Qu'est-ce qui t'inquiète ?

J'ai posé la question, mais je savais ce qu'elle allait me dire. J'aurais parié dessus ma dernière chemise et toutes mes dettes chez Mohammed contre le budget annuel de Manchester United.

— Ce qui m'inquiète, c'est que cet homme t'a vu avec moi, et que maintenant, s'il t'a suivi, il sait où tu habites.

Je me suis levé, j'ai éteint les lumières du salon et j'ai regardé la rue sans faire bouger le rideau. Les toits des voitures en stationnement reflétaient la lueur faiblarde des réverbères. Pas un chat sur le trottoir. Je suis resté cinq bonnes minutes immobile et rien n'a bougé. Tous les bruits s'étaient tus. Je n'avais que celui de mon sang qui battait dans mes oreilles.

Dimanche

Il faut que j'en vienne à la journée de jeudi.

Il ne s'est rien passé de particulier dans les deux jours qui ont suivi l'anniversaire de maman. Une rumeur voulait que Malika Bousaïd aurait une aventure torride avec Deux-mètres-trois. Deux-mètres-trois est un élève de terminale B. Et vous savez combien il mesure ? Je suis sûr que vous n'avez pas deviné : 2,03 mètres. Avec une taille pareille, le prof de gym, génie absolu, l'a orienté d'entrée vers le basket. Echec total. D'abord Deux-mètres-trois déteste ça et ensuite Deux-mètres-trois n'a aucune détente. Il ne décolle pas du sol. De sorte que même si vous êtes nain mais que vous avez un bel élan vertical vous lui piquez toutes les balles. Deux-mètres-trois a donc choisi la gymnastique rythmique. C'est là qu'il a rencontré Malika. Emballage immédiat colissimo et voilà de quoi rêver jusqu'à la fin du trimestre.

Gilles a chopé la crève. C'est pas cool. Il a tellement raconté à ses parents qu'il était malade pour sécher la classe que même quand il a trois bronchites et deux pneumonies en même temps, ils l'envoient bosser. Il dévalise l'infirmerie d'aspirine et gémit pendant les cours. Il a tellement la fièvre que le stylo lui fond dans les doigts.

Et puis jeudi est arrivé. La journée finit tard. Français les deux dernières heures, et 120 minutes avec Béchamel, c'est dur à tirer. Béchamel parce que c'est une crème. Tellement une crème qu'il y a du chahut de temps en temps. Pas trop quand même parce qu'elle nous a eus au sentiment. Quand ça devient trop le bastringue son visage change, on sent que ça lui fait de la peine et qu'elle va se mettre à pleurer. Du coup, ça chavire nos âmes sensibles et on lève le pied. En ce moment, on est dans Flaubert. *Madame Bovary*. Ça a chauffé parce que Béchamel adore Emma Bovary, elle la plaint, la comprend, l'admire alors que Bedolin qui le fait toujours dans la nuance a donné son opinion d'entrée :

— Qu'est-ce que vous pensez d'Emma Bovary, Bedolin ?

— C'est une salope, m'dame.

Béchamel a terminé échevelée et je me suis dépêché de traverser l'avenue de Clichy parce que j'avais une liste d'achats signée Jocelyne : huile d'olive, papier cul, purée en sachets, pack d'eau gazeuse, bombe à décaper le four, gruyère râpé, etc.

J'ai attendu que le feu soit au rouge et j'ai tourné devant le grand café qui fait l'angle.

Un café bizarre, il y a toujours un monde fou sur la place, partout, sauf dans ce café. Je ne sais pas pourquoi. Même la terrasse en été n'est jamais pleine. Je me suis souvent demandé pourquoi. Situé tout près des voitures ? Ou alors, c'est la proximité du cimetière qui commence à quelques mètres, je ne sais pas.

Je pensais vraiment à autre chose mais j'ai enregistré qu'il y avait trois types installés au comptoir. Je les ai remarqués parce qu'ils n'étaient pas ensemble et qu'un tabouret les séparait.

J'ai remonté la rue Caulaincourt au pas de charge et je suis entré dans la supérette. Il commençait à y avoir du monde.

J'ai pris un panier en plastique rouge et j'ai commencé à le remplir.

Je vais en général assez vite parce que depuis que je fréquente cet endroit, je sais où sont rangées les denrées. Même aveugle, je pourrais m'y retrouver.

Donc, je suis dans la travée consacrée aux bouteilles d'huile. Celle qu'il me faut est tout en bas. Je m'agenouille et cherche la bonne marque.

Je suis seul à ce moment-là dans cette rangée et quelque chose attire mon attention.

A l'autre bout, près des caisses, il y a un type qui me regarde.

Je ne peux pas discerner son visage car le rebord de son chapeau cache ses yeux. J'ai l'impression qu'il a une barbe mais rien n'est sûr, c'est peut-être une écharpe qui lui masque le menton. Il a disparu très vite. J'ai un frisson immédiat qui me parcourt la colonne vertébrale et une sonnerie d'alarme retentit dans ma tête.

J'ai déjà vu cet homme.

Je ne sais pas où, ni quand, ni comment, mais j'en suis certain. Rien d'extraordinaire dans sa silhouette. Un manteau noir comme il en existe des milliers, un feutre. Il est d'une taille moyenne, pas très costaud.

Je laisse sur place mon panier à moitié rempli et je sors de la travée. Des ménagères encombrent la suivante. Certaines ont des Caddies. Je me hisse sur la pointe des pieds pour apercevoir mon suiveur et ne le vois pas. J'accélère et inspecte les travées suivantes : il n'est plus là.

Et, tout d'un coup, ça me revient : je sais où je l'ai déjà vu.

Il y a moins de cinq minutes, c'était un des trois clients installé au bar du café en face du lycée. Un bon poste d'observation.

Inutile de poursuivre mes recherches : il a quitté le magasin en empruntant la sortie sans achat. Il doit être déjà loin.

Et puis, si je suis honnête, j'avoue que je n'ai pas très envie de le rattraper.

Qu'est-ce qu'il peut me vouloir ? Pas nécessairement du bien.

La voix de Laurence résonne dans ma tête. « Maintenant il sait où tu habites. » Il sait même où est mon lycée et où j'achète mon gruyère râpé.

Je suis sorti du magasin et j'ai pris le chemin pour rentrer chez moi.

Je suis passé devant ma porte sans m'arrêter et j'ai continué de l'allure la plus naturelle possible. J'ai dû voir tous les James Bond, alors faut pas me la faire.

Tout en marchant, j'ai essayé de repérer si j'étais suivi en me servant des reflets dans les vitrines mais la nuit, ce n'est pas facile. J'ai fait le tour par la rue Lamarck et les escaliers du métro. Je n'ai rien remarqué.

Arrivé chez moi, j'ai fermé la porte à double tour et ce n'est qu'en m'effondrant dans le canapé que je me suis aperçu que la peur venait de se glisser en moi.

J'ai laissé un texto à Laurence. Nous devons nous voir samedi mais j'ai préféré la tenir au courant des événements. « Suis suivi. Bises. » Ça, pour donner des bises par texto je suis champion, mais pour le faire en réalité, c'est une autre histoire.

Elle m'a appelé juste avant que Jocelyne débarque, ce qui m'a évité des complications : j'ai senti une inquiétude dans sa voix.

— Tu t'en es aperçu comment ?

— Il m'attendait près du lycée et m'a filé jusqu'à un self-service.

— Comment était-il ?

— Impossible à dire. Un manteau noir, un chapeau, peut-être une écharpe, taille moyenne. C'est le même que le tien ?

— Je n'ai jamais pu voir son visage. La première fois il portait un imperméable, la deuxième une veste dans les bleus, mais je ne suis pas sûre.

Avec ça, on n'allait pas loin. Même pas sûr que ce fût le même. En tout cas, elle ne l'avait pas revu depuis dimanche. Pas étonnant, c'était moi qu'il avait pris en chasse. Surtout ne pas en parler à Jocelyne, elle aurait couru acheter des bazookas, des pièges à loup et aurait veillé toute la nuit devant la porte avec une Kalachnikov dans chaque main.

J'ai mal dormi cette nuit-là. Je me suis réveillé alors que tout était encore noir dehors et il y a eu par deux fois un bruit sur le palier. J'ai senti mes cheveux bouger tous seuls sur ma tête. C'est dans ces moments-là qu'on s'aperçoit qu'on n'est pas vraiment courageux. On m'aurait filé un million d'euros pour sortir de mon lit qu'il est certain que je ne l'aurais pas fait. En plus, je sais depuis longtemps que le plancher du palier craque tout seul, que c'est un vieil immeuble, que les lattes travaillent et que, d'habitude, je n'y prête aucune attention, mais je voyais très bien ce type dans son manteau noir en train d'attendre immobile dans l'escalier. D'attendre quoi ? Que je sorte ? Et qu'est-ce que ce serait passé si j'avais seulement entrebâillé la porte ?

Le lendemain, confirmation de la rumeur. Deux-mètres-trois et Malika. Ils se roulaient des pelles juste à la sortie du métro. Ils étaient tellement emmêlés que j'ai cru qu'ils arriveraient jamais à se détacher. Ils avaient au moins une trentaine de bras à eux deux. Je dois quand même dire que ça m'a fait envie. Si j'arrivais à me trouver dans la même situation avec Laurence, ce serait quand même un moment difficile à oublier. J'ai eu hâte toute la journée d'être au lendemain et je devais pas avoir la tête au boulot puisque je me suis chopé un 6 sur 20 en sciences de la nature. Le genre de choses qui pardonne pas avec Jocelyne. Surtout les sciences de la nature. Personne ne sait ce que c'est d'avoir une mère écolo pratiquant le tri sélectif, avec l'œil sur le thermomètre pour savoir s'il n'y a pas aggravation du réchauffement de la planète pendant la nuit, catastrophée lorsqu'aux actualités on voit un bout de banquise qui se fait la malle. Championne toutes catégories du biodégradable, ennemie impitoyable de monsieur Duvernet, le voisin de palier, parce qu'elle l'a vu un jour acheter de la mousse à raser en bombe, ce qui agrandit à toute vitesse le trou d'ozone. Depuis, il n'ose plus sortir le pauvre Duvernet, elle le tient pour responsable de la totalité du trou à lui tout seul. Si vous entendez qu'autour de vous il y a des allergies, un accroissement des asthmatiques, des gens qui ont des boutons partout, que les cancers montent en flèche, que les pingouins disparaissent, que les baleines meurent, que les canards ont la grippe et que vous-même vous ne vous sentez pas très bien, eh bien ne cherchez pas : c'est la faute à Duvernet. Alors avec 6 sur 20 en sciences de la nature, elle n'allait pas me louper. Le pire, ce furent les requins. Pas tous, ceux de Polynésie, elle m'a gavé pendant un mois avec les requins de Polynésie, « en danger d'extinction » comme elle le répétait trois fois par jour à cette période... Je l'imaginais en vacances en Polynésie, elle se baigne par beau temps et qu'est-ce qui arrive toutes nages dehors ? Un requin polynésien, un géant de trois mètres de long, pas du tout prêt à disparaître celui-là, et qui lui fonce dessus avec sa mine antipathique, alors elle sprinte vers la côte en se disant : « Quand je pense que j'ai milité pour que ce connard fasse des petits ! J'aurais dû me bagarrer pour balancer des grenades sur tout ce qui dans l'Océan dépasse 50 centimètres. » Un jour, je lui ai demandé pourquoi elle formait pas un comité pour la défense du rat d'égout. Y a pas de raison, pourquoi elle défendrait les requins, les rhinocéros et pas le rat d'égout ? Parce qu'il a une sale gueule ? C'est une injustice épouvantable, bref on s'engueule souvent à ce sujet. Enfin, les requins ça lui a passé mais je pense toujours à ce que peut se dire quelqu'un qui a milité pour les requins et qui est en train de se faire bouffer par eux. Est-ce qu'il est content en se transformant en bifteck pour requin de contribuer à la survie de l'espèce ou est-ce qu'il a quand même dans l'idée qu'il n'y a pas plus con que lui ? En fait, je pousse un peu exprès pour l'énerver parce qu'il n'y a pas plus écolo que moi.

Donc, 6 sur 20. Mais j'avoue qu'en ce moment mes résultats scolaires, je m'en balance complet. Deux raisons : la première, c'est Laurence qui me paraît autrement plus importante qu'avoir la moyenne en quoi que ce soit, la deuxième, c'est cette histoire de type qui nous talonne. Je ne sais pas pourquoi mais j'ai l'impression qu'il est lié à l'histoire de Louvre et à tout ce qui a suivi. Je sens, à chaque seconde, que quelque chose va se passer.

Mais quoi ?

Mercredi

Ce qui a de bien avec Jocelyne, c'est qu'elle a 100 000 diplômes, qu'elle travaille depuis dix ans sur un bouquin qui va révolutionner l'enseignement de l'histoire, qu'elle doit terroriser des classes entières d'élèves dont le plus petit doit mesurer le double d'elle, mais que si vous la collez dans un fauteuil devant la télé pendant que passe *Docteur Jivago*, vous avez la certitude de la retrouver en larmes. Et quand je dis en larmes, c'est pas simplement une petite goutte suspendue au coin de l'œil, c'est carrément les cataractes, vous pouvez aller chercher les serviettes, les éponges, les serpillières et envisager de changer la moquette. Je raconte pas en plus les sanglots et tout le désespoir qui va avec. Inondation à tous les étages. Quand je lui ai offert le DVD pour Noël il y a trois ans, on aurait pu faire de la plongée sous-marine dans le salon.

Le plus marrant, c'est que c'est le seul film qui lui fait cet effet-là. On en regarde parfois ensemble des vraiment tristouilles, eh bien, rien du tout, aucun effet, elle reste au sec et souvent elle ricane. Mais *Jivago*, c'est direct les larmes. Elle dit que c'est parce que c'est russe et qu'elle doit avoir été russe dans une vie antérieure. Peut-être tsarine. Ça ne m'étonnerait pas d'elle.

Donc *Docteur Jivago* vendredi soir. En gros, elle se le passe une fois par an. Du coup, je connais les répliques par cœur, je sais à quel moment commence la musique et à quel moment précis Jocelyne va déborder. Je suis allé dans ma chambre et je me suis endormi avec difficulté. J'avais le visage de Laurence devant les yeux chaque fois que je fermais les paupières, et elle était encore là quand je les ouvrais.

Elle avait raconté chez elle qu'elle avait des achats à faire et hop, direction Paris. Je savais que ma mère ne serait pas là de tout l'après-midi, deux heures d'aquagym, un pot à la sortie avec ses copines de la pistoche, le temps de quelques courses, elle ne serait pas à la maison avant 18 heures. Le bonheur.

J'ai cueilli Laurence à la sortie du train. Bises fraternelles sur les joues, elle était superbe. Maquillée en plus. Pas à la truelle mais maquillée. Vraiment splendide. Je sais, je l'ai déjà dit mais c'est vrai. J'ai pensé à ce moment-là qu'elle devait avoir plein de mecs après elle et que je n'avais aucune chance, mais faut jamais jouer perdant. C'est ce que je me suis dit pour me remonter le moral.

Tout de suite, elle m'a demandé si je n'avais pas été suivi. Je l'ai assurée que non. Il faut préciser que j'avais fait attention. J'avais bondi dans l'autobus et il n'y avait personne derrière moi. J'avais inspecté la voiture et rien ne ressemblait au type de la supérette. Il y avait bien un homme assis à la troisième rangée derrière le chauffeur, qui avait le même manteau que mon suiveur, mais il est descendu à l'arrêt de la porte Clichy. Je l'ai surveillé par la vitre lorsque le bus a redémarré, et je l'ai vu disparaître dans la foule. J'ai eu le temps d'apercevoir une bonne tête réjouie, pas du tout celle d'un mystérieux et dangereux individu.

Quant à elle, elle avait pris un chemin compliqué pour se rendre à la gare, elle était pratiquement revenue sur ses pas, avait alterné les coups d'œil dans les vitrines transformées en rétroviseurs, était entrée dans la gare, avait changé de quai trois fois et, à l'entendre, même son ombre n'aurait pas pu la retrouver.

Nous sommes allés sur la Butte.

Ce qui est marrant, c'est que j'habite à côté et que je ne m'y rends jamais. Il faut dire que question populo, ça ressemble plus à Tokyo qu'à Romorantin, mais quand on connaît, il y a quelques coins tranquilles qui sentent encore la campagne.

On est arrivés à se trouver un banc dans un square et de là on voyait tout Paris et même les banlieues qui débutaient derrière nous, pas très loin, après les tours de Saint-Ouen, Saint-Denis…

Une brume montait vers le sud, ça commençait après le dôme des Invalides, tout se noyait.

On a commencé à parler de notre histoire mais c'est vite devenu évident qu'on pataugeait autant l'un que l'autre, qu'on ne savait rien et qu'on avait beau se creuser la tête, on ne comprenait pas du tout ce qui nous arrivait.

A un moment, elle a dit :

— Lorsque tu es devant un tableau qui me représente, tu te sens mal, lorsque je me suis trouvée devant ton portrait, je me suis sentie mal. Comment se fait-il que lorsque nous sommes en présence l'un de l'autre, en chair et en os, rien ne se produise ?

— Parle pour toi, ça fait une demi-heure que je manque de m'évanouir.

Elle a ri. Il faut dire que c'était ringard comme remarque. On a parlé encore un peu et on a redescendu la rue bordée par les vignes. Ils arrivent à faire du vin avec. Jocelyne m'a dit qu'elle en avait bu un soir chez une copine et qu'à côté l'acide sulfurique c'est du jus de groseille.

On a longé les grilles et traversé à l'endroit où la chaussée s'élargit pour regagner l'avenue Junot, et c'est là que j'ai entendu le grondement.

C'était une voiture blanche et elle devait rouler à la vitesse d'une balle de fusil à la sortie du canon. J'ai attrapé Laurence et j'allais la coller à moi lorsque j'ai enregistré en un éclair une information essentielle : le bolide roulait sur le trottoir.

Deux roues sur le trottoir, deux roues sur la chaussée. On s'est jetés dans l'espace libre et j'ai senti le déplacement d'air.

200 à l'heure minimum. Impossible de voir le chauffeur. J'ai vu le rétro frôler la hanche de Laurence, les deux roues gauche ont rebondi sur la chaussée et avant que j'ouvre la bouche, la rue était vide.

Laurence, livide, s'est assise sur le parapet. Je n'arrivais pas à trouver un seul gramme de salive dans ma bouche. Mes mains ont commencé à trembler. Elle a parlé la première.

— Cette voiture a cherché à nous tuer.

Je n'ai pas pu la contredire.

Il y avait à 10 mètres un couple de Japonais qui avait assisté à l'incident. Ils en étaient encore pétrifiés, la bouche ouverte. J'ai traversé pour leur demander s'ils avaient eu le temps de noter le numéro de la plaque, mais ils ne parlaient pas une broque de français et pas davantage d'anglais. Ils n'avaient même pas eu le temps de prendre une photo, ce qui était un comble d'ailleurs parce qu'ils avaient chacun un appareil suspendu autour du cou. Ils avaient l'air aussi secoués que nous, à croire qu'il n'y avait pas de chauffards au Japon.

Ça commençait à devenir dramatique. Que quelqu'un nous suive était une chose, que ce quelqu'un cherche à nous écraser en était une autre.

Laurence avait du mal à retrouver des couleurs. Dans les films, il arrive assez souvent que le héros se lance à la poursuite d'une voiture et en général il arrive à la rattraper en prenant des raccourcis, en bondissant d'un toit de voiture à un autre, en escaladant des bordures d'autoroute et en sautant du haut d'un pont pile sur le capot de la bagnole qu'il poursuit. Je ne dois pas être un héros parce que ce n'est pas du tout ce qui s'est produit, j'avais les genoux un peu trop flageolants pour y arriver.

Mais si mes rotules avaient la tremblote, j'avais encore de la ressource côté cerveau. J'ai farfouillé dans mon portefeuille et j'ai trouvé la carte. Je savais bien que je l'avais rangée là. C'était celle de Georges Poulot.

Lui qui aimait les mystères, il allait être servi.

J'ai pris le portable de Laurence et composé le numéro. Je suis tout de suite tombé sur lui.

Ce type a une mémoire des voix incroyable. Je n'avais pas eu le temps de dire qui j'étais qu'il a embrayé.

— Zéphyrin Duval. Qu'est-ce qui se passe ?

J'ai décidé de ne pas le faire attendre.

— On vient d'essayer de me tuer.

— Comment ?

Il n'a pas été surpris. Je lui aurais annoncé qu'un 747 était en train de lâcher des bombes incendiaires qu'il n'aurait pas été plus calme.

— Une voiture, elle m'a foncé dessus et...

— A quel endroit ?

— A Montmartre.

J'ai précisé l'adresse où ça s'était passé et il y a eu un blanc. J'ai cru qu'il avait raccroché lorsque sa voix a retenti à nouveau :

— Vous vous trouvez où en ce moment ?

— Au même endroit.

— Vous ne bougez pas. Je suis là dans trente minutes.

Communication terminée. Je n'avais même pas eu le temps de lui dire que je n'étais pas seul.

J'ai expliqué à Laurence qui était Poulot, qu'il devait falloir le chatouiller longtemps pour le faire rire mais qu'il était du genre à qui on ne la fait pas et qu'il était dans la situation actuelle la seule personne capable de nous aider. Elle a décidé de rester avec moi. On a continué à discuter lorsque je l'ai vu descendre la rue. Tout en marchant, il faisait sonner des pièces de monnaie dans sa poche. Il m'a serré la main, a regardé Laurence et a dit :

— Vous, vous avez votre portrait au Louvre.

Ça nous a sciés. Il n'avait pas que la mémoire des voix. Celle des visages ne lui manquait pas aussi.

J'ai commencé à lui expliquer d'où la voiture avait surgi mais il m'a interrompu.

— Vous me raconterez tout ça dans un troquet.

On s'est installés dans un bar de la rue Saint-Vincent et j'ai tenté de me lancer dans un compte rendu de la tentative d'écrasement que nous venions de subir, mais ce devait être sa vocation de me couper la parole :

— On n'a pas cherché à vous tuer.

Laurence et moi avons eu un hoquet d'indignation. Il a poursuivi :

— Vous avez failli être renversé par une Peugeot 605 blanche conduite par Sébastien Gratz fiché dans nos services comme dealer. Il conduisait avec un taux d'alcool de 2,3 grammes. Il a renversé deux touristes, a embouti trois voitures en stationnement avant de s'écraser contre un mur rue de l'Abreuvoir. Il est en ce moment en garde à vue.

Je devais le regarder avec un air parfaitement hébété car j'ai cru pendant quelques secondes qu'il allait sourire.

Il fallait se rendre à l'évidence : l'incident de cet après-midi n'avait rien à voir avec tout ce qui avait précédé.

— Je crois qu'on vous a dérangé pour rien...

Il nous a fixés l'un après l'autre. Il a desserré sa cravate qui avait l'air d'avoir trempé chaque soir depuis six mois dans une soupe différente et a proféré :

— J'aimerais bavarder un peu avec vous.

De la façon dont il a dit ça, j'ai pensé qu'on n'était pas sortis de l'auberge.

Jeudi

J'ai reçu la lettre mardi.

Lorsque c'est moi qui arrive le premier à la maison, je prends le courrier dans la boîte.

En général, je ne regarde pas à qui ces lettres sont adressées car elles sont toutes pour Jocelyne.

Pourtant quelque chose a retenu mon attention. C'était une enveloppe épaisse et de format carré, ce qui est assez rare. J'ai regardé plus attentivement et j'ai vu qu'elle était pour moi. Mon nom était écrit en toutes lettres : Zéphyrin Duval.

J'ai attendu d'être dans ma chambre pour l'ouvrir au calme. J'ai espéré qu'elle soit de Laurence. Qu'elle m'expédie une lettre d'amour carabinée expliquant qu'elle ne pouvait plus résister à mon charme incroyable, etc. Non, je déconne.

J'ai repris l'enveloppe et ai examiné l'intérieur. Il y avait une carte de visite. Un nom, un numéro de téléphone, pas d'adresse.

DUMBAR

Le téléphone était celui d'un portable.

Qui était ce Dumbar ? Les choses se compliquaient, mais j'avais à présent un allié précieux. Au cours de l'après-midi du samedi, nous avions Laurence et moi tout raconté à Poulot. Il ne s'agissait plus de jouer les cachotiers, ça ne servait à rien et en plus nous n'avions rien à nous reprocher, alors à quoi bon se taire ?

Dans la demi-heure qui a suivi, j'ai laissé un message à Laurence pour lui rendre compte de mon courrier surprise et j'ai appelé Poulot. Je commençais à apprécier ce flic. Il était sinistre mais me paraissait efficace. Il m'a demandé de ne pas bouger, de ne pas essayer de rentrer en communication avec ce mystérieux Dumbar et qu'il me tiendrait au courant.

Deux jours se sont écoulés. Je me sentais nerveux, je tournais en rond, je n'étais certes jamais très attentif pendant les cours mais durant ces quarante-huit heures, ce fut pire que tout. J'entendais la voix de chaque prof comme un fond sonore mais aucune de leurs paroles ne parvenait vraiment jusqu'à moi. J'ai pratiquement rendu copie blanche à l'interrogation écrite de physique. Les cloches allaient sonner et ce serait Jocelyne qui tirerait la corde.

Le soir du deuxième jour, c'était un jeudi, je suis sorti du lycée à 18 heures et j'ai pris le chemin habituel pour rentrer chez moi.

Je me suis engagé sur le pont et j'ai entendu des pas derrière moi. Cela n'avait rien d'extraordinaire, il y avait toujours du monde à cette heure-là. De plus, le trottoir est étroit et les gens se gênent pour avancer, deux personnes de front bloquent le passage. Cela a duré quelques secondes, à peu près jusqu'à ce que j'arrive au milieu du pont et là, instinctivement, je me suis retourné. C'était Poulot.

Il est arrivé jusqu'à moi, m'a serré la main et entraîné dans un café de la rue des Abbesses.

J'ai attaqué d'entrée.

— Vous avez rencontré Dumbar ?

— Non.

— Pourquoi ?

Il a pris le temps de commander un café avant de me répondre et a fini par lâcher :

— Dumbar est mort.

Décidément, je n'en avais pas fini avec les surprises.

— Il y a longtemps ?

— Environ huit cents ans.

J'ai failli lui dire que ce n'était pas parce qu'il était flic qu'il fallait qu'il se foute de moi

— Un type qui m'envoie sa carte de visite et qui a un portable, vous voulez me faire croire qu'il a vécu au XIIe siècle ?

Il a hoché la tête.

— Dumbar n'est pas le nom d'une personne. C'est celui d'une association secrète.

Il avait la manie de lâcher ses informations une par une.

— Pourquoi cette association porte-t-elle ce nom ?

Il a tourné le sucre dans sa tasse, léché la cuillère, l'a reposée sur la soucoupe, le tout avec une désespérante lenteur.

— Dumbar vivait aux Indes, près de Bénarès. C'était un Indien originaire du Rajasthan. Il a enseigné quelques années la philosophie à Bombay et s'est retiré. Quelques disciples l'ont accompagné dans sa retraite. Quatre exactement, et ce sont eux qui ont propagé, sans grand succès, sa doctrine de par le monde.

— Comment ça, « sans grand succès » ?

— Deux d'entre eux ont été tués par des brigands sur une route de montagne alors qu'ils franchissaient un col situé dans l'actuel Pakistan. Un troisième est parvenu jusqu'en Chine mais il a été arrêté, considéré comme fou et emprisonné à vie par le gouverneur de la province de Whang. Seul le quatrième, qui avait pris la route de l'Ouest, a pu atteindre après plus de deux ans de voyage les portes de Bagdad. Et là, il écrivit un livre où il dévoile la pensée de son maître qui lui avait été transmise oralement. Il n'existe qu'un seul exemplaire de ce livre. Il est difficile de retrouver sa trace mais on sait qu'il a été la propriété pendant de longues années d'un marchand mongol dont les caravanes empruntaient la route de la Soie. Au cours du XIIIe siècle, il a disparu et personne n'a plus entendu parler de lui.

Poulot boit la dernière gorgée de son café. Je l'écoute, bouche bée. Où tout cela nous mène-t-il ?... Quel rapport entre Bénarès, Bagdad, la route de la Soie, des disciples et ce qui m'est arrivé depuis ma visite au Louvre ?

Comme s'il avait deviné ma question, Poulot reprend.

— Lorsque j'ai téléphoné au numéro porté sur la carte de visite, je suis tombé sur une femme, manifestement une standardiste, qui m'a appris qu'elle allait me passer quelqu'un capable de me renseigner. Au bout d'un temps très court, on m'a mis en relation avec un homme qui s'est présenté sous le nom de Lacombe. A l'accent, on pouvait en déduire qu'il était canadien et il m'a fixé rendez-vous. Je n'ai pas voulu l'effrayer en lui disant que nous pouvions nous rencontrer au Quai des Orfèvres, mais le lieu qu'il me proposait m'a étonné.

— Qu'est-ce que c'était ?

— Un bureau du laboratoire de recherche expérimentale à l'énergie atomique.

Encore une fois, j'étais soufflé. J'imaginais les sociétés secrètes donnant leurs rendez-vous dans des cryptes, les nuits de pleine lune, avec des candélabres et des têtes de mort.

— Et alors, qu'est-ce qui s'est passé ?

— Le Lacombe en question m'a raconté beaucoup de choses.

— Répétez-les-moi.

Il a hoché négativement la tête.

— Il va te le dire directement. A toi et à Laurence.

— On va le rencontrer ?

— Demain si vous le voulez...

— Mais ces gens qui nous suivaient ?

— Ils cherchaient à vous contacter, mais vous êtes toujours parvenus à leur échapper, ils n'avaient aucune intention agressive. Leurs moyens sont d'ailleurs limités : ils ne disposent que d'un seul suiveur, pas très malin semble-t-il.

J'ai regardé Poulot.

— Et vous pensez que tout ce que vous a dit Lacombe explique tout le mystère.

— Ce sera à Laurence et toi de juger.

Je restais méfiant. J'ai posé une dernière question.

— Mettez-moi sur la piste, juste un mot pour être sur la voie.

Cette fois, il a presque souri.

— Pas un mot mais deux.

— Lesquels ?

— « Seconde chance. »

Il n'y avait pas de raison à cela mais dès que j'ai entendu, j'ai senti un frisson me parcourir et la blessure au bras que j'avais oubliée s'est soudain mise à me faire mal.

Vendredi

Rendez-vous ce soir avec Lacombe. Hippolyte Lacombe. Aussi gâté que moi question prénom. Du coup, je me sens plus proche de lui. Comment ses copains l'appellent-ils ? Hippo ou Polyte ? A supposer qu'on soit plaisantin dans la recherche atomique. On pourrait faire un numéro tous les deux. Hippolyte et Zéphyrin, le duo désopilant qu'adorent les enfants... Ce soir, grande représentation sur la place du marché. Tarif réduit pour chômeurs et familles nombreuses. Les grandes vedettes Hippo et Fyrin dans leur numéro international. Le grand cirque Piccolo est également heureux de vous présenter Miss Laurence, la reine du trapèze volant, dans son quadruple saut de la mort exécuté sans filet, Laura Laurence, celle qui a fait tourner les têtes couronnées des deux continents, sans compter celle de Fyrin le clown le plus désopilant de la planète... Le spectacle débute à 21 heures et la caisse est tenue par madame Jocelyne Duval qui vous fera également son grand numéro, unique au monde, de corrections de copies dont elle détient le record olympique et... Qu'est-ce que j'ai ce matin ? Je tiens la forme, c'est tout, la pleine forme. Ça dure depuis la première seconde où j'ai ouvert un œil jusqu'à maintenant, et à mon avis, c'est pas près de finir. Même Jocelyne l'a remarqué : moi qui traîne toujours lamentablement sur les tartines, j'étais branché sur le 220. Et puis, il faut dire que je me suis bien marré hier au bahut.

A 9 heures, Mondidier nous cueille à froid. On n'a pas ouvert le sac que c'est parti : « Interrogation écrite. » Rien qu'à la façon dont il annonce ça, on se dit qu'on aura à peine la chance d'en sortir vivants. Mondidier, dit Mondidi, est le prof de sciences de la vie. Ça paraît gros comme matière mais, en fait, c'est assez sympa. Dommage qu'avec Mondidi, ça tourne au drame... Entre le réchauffement climatique, la fonte des glaces, la déforestation, le gaz carbonique et l'effet de serre, quand on sort de son cours, on est étonnés de s'apercevoir qu'il y a encore des êtres vivants sur le boulevard et qu'ils arrivent à respirer (je crois entendre Jocelyne.). C'est un tragique Mondidi, on sent, quand on le voit traverser la cour, qu'il est pas très sûr d'arriver jusqu'à sa classe, parce qu'avec le trou de la couche d'ozone qui s'agrandit, il y a pas beaucoup de chance de survie pour les humains en général, donc pour les profs en particulier, et qu'il faut économiser l'oxygène.

Mais je bavarde et je raconte pas le plus beau.

Donc, on est en train de plancher et de terminer un sujet sur les conséquences de la désertification dans le continent sud-américain quand la porte de la classe s'ouvre et que l'infirmière passe sa tête et annonce : « Visite médicale à 10 heures. »

On rend les copies et je me tourne vers Gilles pour lui demander s'il s'en est sorti quand je remarque qu'il est livide. Décomposé le Gillou ! Pas cool pour un dirham.

— Qu'est-ce qui t'arrive mon petit Gilles ?

— Atroce. C'est l'épouvante.

Il a des yeux exorbités. Qu'est-ce qui se passe ? On dirait qu'il vient de se coincer les doigts dans la porte et de prendre en même temps une enclume tombée du cinquième étage sur les orteils.

— Raconte, t'es vert.

Sonnerie. Mondidi range les copies et direction l'infirmerie.

— C'est ce matin, gémit Gilles.

— Qu'est-ce qui s'est passé ce matin ?

— Pas un slip de propre. Je prends ma douchc et pas un slip de propre.

Je commence à entrevoir le problème.

— Pourquoi t'en as pas mis un sale ?

— Ma mère était partie à la laverie automatique avec.

— Donc t'en as pas ?

— Si.

Je comprends de moins en moins.

— Comment t'as fait ?

— J'en ai mis un à ma sœur.

Il m'aurait dit qu'il venait de découper sa concierge en morceaux et que les flics entraient dans l'immeuble qu'il aurait pas eu l'air aussi terrorisé.

— Et qu'est-ce qu'il a le slip de ta sœur ?

Je la connais, sa sœur. C'est plutôt XXL que je chipote sur le hamburger. La dernière fois qu'on est sortis tous les trois, elle s'était tapée deux tiramisus à la pizzéria, en léchant consciencieusement la cuillère. Pas vraiment anorexique.

— Elle l'a rapporté d'Amérique l'été dernier, son putain de slip. Il y a marqué « I love you, Tom Cruise » avec sa photo sur chaque fesse. Je suis foutu.

— Exact.

Je riais tellement que je n'arrivais pas à me lever.

— T'es cuit, Gillou. Pourquoi t'en as pas pris un autre ?

— C'était pire, ils étaient tous roses et à dentelles. Et puis, je savais pas que j'allais enlever mon pantalon devant trente-cinq mecs qui vont me tomber dessus comme un camion de briques.

Ça a été pire que ce qu'il imaginait. On a commencé à se cotiser pour lui acheter un poster de Tom Cruise, et ça ne s'arrêterait pas là.

J'ai appelé Laurence à midi sur le mobile. Je lui ai raconté l'histoire et je l'ai entendue rire. J'ai adoré ça. On se retrouverait à 19 heures à Bezons devant la maison de Lacombe. C'était pas très loin de chez elle, elle viendrait en vélo. Pour moi, c'était plus galère mais avec un train et un bus, je serai à l'heure.

Au cours de l'après-midi, je me suis aperçu d'un truc, c'est que bien sûr j'étais curieux de savoir ce que Lacombe allait nous raconter, comment cette histoire s'expliquait, mais en fait ce qui comptait surtout pour moi, c'était de savoir que j'allais la voir ce soir. Même si ce brave Hippolyte ne nous balançait que du pipeau, ce qui était probable, je m'en foutais, elle serait là, et si je n'étais pas foutu cette fois-ci de lui rouler la galoche du siècle, j'avais plus qu'à rentrer chez les trappistes dont on m'avait dit que c'était les moins rigolos de tous les moines répertoriés sur la planète.

Inutile de dire que j'ai pas entendu un seul quart de mot du cours de Supertanker dont il m'a vaguement semblé qu'elle prononçait parfois au fond d'un lointain brouillard les noms de Milo et de Samothrace, ce qui m'a entraîné à penser qu'elle mijotait une nouvelle sortie au musée.

Et 6 heures est arrivé.

J'ai foncé en semant Tom Cruise qui voulait qu'on se fasse une petite partie de formule 1 à l'Electronic Games Center, et j'ai dévalé la rue d'Amsterdam vers la gare. J'avais laissé un mot à Jocelyne, je rentrerai tard because j'avais décidé de m'inscrire au club de karaté Kong Fu Shao Lin et autres spécialités asiatiques du lycée. C'était à peu près aussi plausible que si je lui avais fait part de mon désir de faire du macramé ou du point de croix, mais il fallait bien inventer quelque chose.

J'ai foncé dans le train et j'ai eu l'impression d'entrer dans un concentré de fatigue. C'était les wagons du soir, je me suis glissé au milieu de gens raplaplas qui semblaient avoir une envie de pantoufles, de JT de 20 heures et au dodo jusqu'à demain. C'est démoralisant, les moyens de transport à cette heure-là. Ça donne à réfléchir sur le sens de la vie mais moi, je m'en foutais : j'avais Laurence au bout du voyage.

A La Garenne, je me suis extirpé et j'ai dévalé l'escalier. Je connaissais le coin, on y est venu quelques dimanches avec Jocelyne rendre visite à une belle-sœur, et puis elles ont dû se fâcher parce qu'on n'y est jamais retournés. J'ai émergé de la gare, et j'allais sprinter vers les autobus lorsque j'ai pilé net. Elle était là, sur son vélo.

C'est drôle l'esprit humain. C'était grisaille partout ce coin-là, les murs, les voies ferrées, la banlieue quoi, et pas de la riante, et j'ai vraiment eu l'impression qu'elle était en plein soleil. Un seul rayon pour elle, comme un projecteur pour la vedette sur la scène d'un théâtre.

Le même sac à dos, un jean avec un trou au genou et un chignon en prime. Je ne l'avais encore jamais vue avec un chignon.

Elle souriait et moi aussi sans doute, mais l'idée ne me quittait pas que je devais avoir l'air idiot.

— Tu ne m'embrasses pas ?

J'ai effleuré sa joue. Savon au citron. Ou pêche, ou citron-pêche peut-être. Avec aussi une pointe de menthe. Une salade de fruits mais le tout léger, imperceptible, un parfum vite disparu.

— Superbe vélo.

Ça, j'était pas près de l'oublier : amoureux comme un malade, je ne pense qu'à elle, je ne l'ai pas vue depuis 10 000 ans et qu'est-ce que je trouve à dire… ? Vous devinerez jamais : « Superbe vélo » ! Bravo Zéphyrin. Encore un record battu. C'est pas Tom Cruise qui aurait sorti ça, il lui aurait déjà beurré trois biscottes et passé les mains partout. Seulement voilà, Zéphyrin, il a de la retenue et le sens des convenances, comme dit Jocelyne.

J'ai pris mon courage à quatre mains.

— Ça te va bien le chignon.

On dira ce qu'on voudra mais je fais des progrès.

— Je l'avais la dernière fois.

Bien joué Zéphyrin, le roi de l'observation ! Sors-toi de celle-là, toi qui es le roi de la débrouille.

Je ne sais plus ce que j'ai bafouillé et on est partis vers la place.

— En passant par les petites rues, on peut y aller à vélo, il y a une piste cyclable jusqu'après le pont…

J'ai balisé un peu parce que j'ai cru qu'elle me proposait de pédaler et qu'il y avait longtemps que je n'étais pas monté sur ce genre d'engin, mais c'est elle qui a appuyé sur les pédales pendant que j'étais sur le porte-bagages. Sportive en plus, beau déhanchement. Une danseuse.

Je me cramponnais à la selle, les pattes raides pour que mes pieds ne raclent pas, et j'ai pensé aux westerns que Jocelyne regardait le soir, au temps du Ciné-club, des grands mecs à cheval avec une fille en amazone entre leurs bras, grand galop droit vers le soleil couchant avec musique triomphale. J'avais envié. Et moi, je me retrouvais à Bezons, sur un vélo, avec une fille devant moi qui se tapait tout le boulot et des klaxons en fond sonore. Quant au soleil, ça faisait longtemps qu'on ne savait plus où il se couchait.

On a pas mis cinq minutes à trouver la rue. C'était pas une rue en fait, un chemin minuscule : les Eglantiers.

C'est marrant cette banlieue, il y a des cités, des grandes surfaces, des stations-service, des Mac Do et, tout d'un coup, entre deux murs, c'est la campagne, une sente et des pavillons minuscules dans la verdure. Un coin de nature oublié, des arbres et des piafs. Manifestement, c'est là que le père Hippolyte avait jeté l'ancre.

On a avancé dans l'allée. Cela formait à présent une voûte au-dessus de nous et les feuillages devaient faire écran parce que l'on n'entendait plus les bruits habituels de la ville. La lumière aussi a changé. On a eu l'impression de marcher dans un aquarium.

— C'est bizarre, on n'entend plus rien.

Laurence s'est tournée vers moi.

— Quand il va commencer à nous égorger, c'est pas la peine de crier au secours.

Sens de l'humour. Mais c'est vrai que j'ai commencé à ne pas être rassuré.

— Tu es sûr de l'adresse ?

Je n'ai pas eu le temps de répondre. Entre deux arbres sur la gauche, il y avait une barrière en bois et une maison derrière. La barrière ressemblait à celle des films américains qui se passent dans le Sud, quand le metteur en scène veut faire comprendre que les gens qui vivent derrière n'ont pas un rond, qu'il y a eu trois ans de sécheresse, plus d'eau dans les puits, et que le petit dernier doit être à l'hôpital tandis que le pépé crache ce qui lui reste de poumons.

— C'est ici.

Elle a émis un sifflement et a dit :

— Tu as vu *Les Raisins de la colère* ?

— J'y pensais.

Pas de sonnette. A en croire l'épaisseur de feuilles mortes, Hippolyte ne devait pas être un fan de jardinage. J'ai poussé la porte et Laurence a posé son vélo contre le tronc d'un marronnier.

Nous avions de l'herbe jusqu'aux mollets, on pouvait voir la maison dans son entier et la porte s'est ouverte.

Il y avait tout lieu de croire que le type qui venait d'apparaître sur le seuil était Hippolyte Lacombe.

La cinquantaine mal rasée, la tête de quelqu'un qui n'a pas dormi depuis un demi-siècle.

Il ne devait pas dépasser 1,60 mètre et portait un tee-shirt couleur vomi où il était écrit : « Tout ce qu'ils m'ont rapporté du bassin d'Arcachon, c'est cette saloperie de tee-shirt. »

On pouvait en conclure que le souci de son apparence ne l'encombrait pas. Il avait un sourire triste mais un sourire quand même. Il a descendu deux marches et nous a serré la main.

— Vous êtes Laurence et Zéphyrin.

— Exact.

— Entrez.

On l'a suivi et là, on est restés soufflés. La pièce devait faire 100 mètres carrés et il y avait des bouquins sur les quatre murs. Pas que sur les murs d'ailleurs, il y en avait sur le bureau, par terre, et il y avait gros à parier que c'étaient tous des bouquins de physique nucléaire. C'est pas lui qui se serait payé un 6 sur 20 à la dernière interro.

— Vous m'excuserez, c'est un peu en désordre.

Tu parles que c'était en désordre ! Pour nous faire deux places sur le divan, il a dû soulever une demi-tonne de revues, journaux et fascicules. Question ordinateurs, il était équipé. Il y en avait quatre installés sur des tréteaux. Au milieu de la pièce trônait une reproduction de l'Atomium de Bruxelles. Je n'ai pas eu de mal à le reconnaître, on y était allés l'année derrière avec la classe.

Il s'est installé en face de nous sur un tabouret et a croisé les bras comme un écolier obéissant.

— Votre ami a dû vous dire qui j'étais...

— Un savant, a dit Laurence.

Autre sourire triste de Lacombe.

— N'exagérons rien. Je suis un chercheur, ce qui veut dire que je ne trouve pas souvent.

Il a hoché la tête, croisé les jambes, remué les pieds, mis les mains dans ses poches, s'est gratté le nez et alors que je me demandais ce qu'il avait l'intention de faire avec ses oreilles, Laurence est intervenue.

— Monsieur Poulot nous a dit que vous aviez une histoire à nous raconter.

Hippolyte a cessé de se trémousser.

— Pas une histoire. Une vérité, mais une incroyable vérité. Vous voulez boire un verre ?

Devant notre double refus, il a compris que nous mourions d'envie de l'écouter, alors il a pris une inspiration comme s'il s'élançait du haut d'un plongeoir, et il a attaqué.

Je sens que le moment est important, Laurence aussi car sa main cherche la mienne. Ça fait assez cul-cul la praline mais nos doigts s'enlacent. Hippolyte s'est penché vers nous. L'accent est imperceptiblement canadien. Le père Poulot a de l'oreille.

— Tout commence il y a vingt-sept ans exactement. Presque jour pour jour. Je suis à l'époque un tout jeune professeur de mathématiques appliquées à l'université de Montréal lorsqu'un soir, je reçois un coup de téléphone – vous ne voulez vraiment rien boire ?

Lorsqu'un type vous pose deux fois ce genre de question, c'est qu'il crève de soif et meurt d'envie de s'enfiler un verre. Comme je veux connaître la suite, je me dévoue.

— D'accord.

— Un whisky ? Ecossais ou canadien ? Je vous déconseille fortement le canadien.

— Ecossais.

Laurence me regarde d'un œil torve, celui que l'on réserve aux grands alcooliques en phase terminale.

Tandis que Lacombe s'affaire dans un coin de son gourbi pour en extraire une bouteille, je chuchote :

— C'est pour avoir la paix, maintenant il va pouvoir parler.

Hippolyte me tend un verre, avale la moitié du sien, fait claquer sa langue, remonte ses chaussettes, desserre son col et continue.

— Donc, je reçois un coup de fil de l'un de mes amis spécialisé dans l'étude des civilisations mésopotamiennes. Il m'explique qu'il est sur un chantier de fouilles près de Bassora et qu'ils ont mis la main sur des manuscrits datés du XIIe siècle après J.-C.

— Ça se conserve si longtemps, des manuscrits ?

Hippolyte se tourne vers Laurence qui a posé la question.

— Dans le désert, oui. Une question de niveau hygrométrique.

— Attention, dis-je, pas de mots compliqués.

Encore un sourire triste, navré plus exactement, et il poursuit.

— Parmi les volumes sortis du sable, l'un d'eux a retenu son attention pour deux raisons. La première est qu'il est écrit en langue indienne, la seconde qu'il est rempli de formules mathématiques qui lui sont totalement incompréhensibles, mais qui pourraient m'intéresser, que je pourrais tenter de décrypter. Le nom de l'auteur lui est inconnu, il s'agit d'un certain Radranaji Dumbar.

Deuxième lampée qui vide le verre. Je bois à mon tour par politesse, une gorgée de moineau. Tous mes neurones explosent, mes larmes jaillissent.

— Je résume la suite. Avec l'aide de trois amis dont l'un est spécialiste en langues orientales, nous traduisons le bouquin, rétablissons les formules et là, j'éprouve le choc de ma vie.

Hippolyte plonge vers la bouteille, se ressert, boit, réprime un léger rot, se lève et lance, avant de disparaître :

— Excusez-moi, j'ai oublié de donner ses croquettes à Plouf.

Laurence se tourne vers moi.

— Tu crois qu'il le fait exprès ?

Je hausse les épaules.

— Il faut bien que Plouf ait ses croquettes. Tu paries pour un chien ou un chat ?

— Peut-être sa femme, dit Laurence, il a une tête à séquestrer son épouse.

Mais déjà Hippolyte est de retour.

— On se posait la question, dis-je, qui est Plouf ?

— Un crapaud-buffle, dit Hippolyte, vous voulez le voir ?

— Après votre histoire, dit Laurence, on en était au choc de votre vie.

— Un choc énorme, enchaîne Lacombe. Je résume la théorie de Dumbar : il a découvert que la matière est composée d'atomes, que ces atomes sont divisibles en unités plus petites, et cela pratiquement jusqu'à l'infini, donc jusqu'à l'absence de matière. Ce type a huit cents ans d'avance sur le monde scientifique de son temps. On comprend qu'il ait dû quitter son pays et fuir dans le désert : son explication de l'Univers fait l'économie de l'existence des dieux. On termine sur un bûcher pour moins que ça, en Orient comme en Occident.

Tout cela est bien joli mais je ne vois toujours pas ce que cela a à voir avec Laurence et moi. J'ouvre la bouche pour le lui faire constater lorsqu'il poursuit :

— Ce n'est pas la seule découverte de Dumbar. Je vous résume : il déduit de ses travaux que le nombre des atomes constitutifs de l'Univers est limité, qu'ils ne meurent ni ne naissent mais s'associent différemment au cours du temps. Accrochez-vous au fauteuil : il en conclut que le risque que les choses et les êtres se reproduisent à l'identique à des époques différentes est calculable.

— C'est la réincarnation ? interroge Laurence.

— C'est mieux que ça. Ce type est un génie comme le monde n'en a plus jamais connu. Vous pouvez additionner les QI de Galilée, Einstein, Arago, Freud et Newton, et ça ne lui arrivera pas à la cheville. D'autres que lui ont eu l'intuition d'un retour sur terre, mais il y a entre eux et Dumbar une différence essentielle.

— Laquelle ?

Hippolyte me regarde. Son visage a pris des couleurs depuis quelques minutes, l'exaltation qu'entraîne l'exposé d'une théorie qui lui est chère se mêle à l'action du whisky, et il a à ce moment le teint d'un type qui a passé huit jours aux Bahamas sans crème solaire ou dix secondes dans un micro-ondes.

— C'est très simple, poursuit Lacombe.

Attention, méfiance ! Lorsque quelqu'un dit : « C'est très simple », il y a des chances pour que ce soit incompréhensible.

— Il a découvert une formule mathématique permettant, en utilisant cent quarante-cinq paramètres, en particulier l'heure de naissance d'un individu à la seconde près, de connaître avec certitude qui sera la personne dont il sera la réincarnation. En fait, elle est chez Dumbar ni une croyance, ni un espoir, ni une religion, elle est la structure mathématique avec laquelle l'Univers fonctionne. Je vois que votre verre est vide.

Je pense que je ne l'ai pas fait consciemment, mais j'ai bu mon whisky sous le coup de l'émotion.

— Merci. Continuez.

Le regard de Lacombe semble s'être éclairci maintenant. Tout se passe comme s'il allait se débarrasser d'un fardeau en dévoilant une vérité qu'il est le seul à posséder.

— Lorsque je prends conscience de l'importance des travaux de Radranaji Dumbar, je réunis quelques scientifiques de mes amis appartenant à diverses disciplines, et nous décidons de former le groupe Dumbar. Nous gardons notre association secrète, nous la tenons à l'écart de toute médiatisation et nous travaillons sur les équations du savant indien. Grâce à l'électronique permettant de réduire le temps de résolutions d'opérations comportant jusqu'à plus de dix mille chiffres, nous parvenons à une conclusion qui nous bouleverse : les formules de Dumbar sont exactes, cet homme dont nous ne savons strictement rien, ni la naissance, ni la mort, ni quelle fut sa vie, cet homme ne s'est pas trompé.

Silence soudain. Lacombe s'est tu. Derrière la cloison de gauche, un son nous parvient, répétitif. Plouf peut-être.

Je regarde Laurence qui fixe Lacombe.

— Monsieur Lacombe, tout cela est passionnant mais je me permets une question : qu'est-ce que tout cela a à voir avec nous ? Vous nous avez fait suivre, ce qui est la preuve que nous représentons pour vous un intérêt, mais je vous le demande : quel est le rôle de Zéphyrin et le mien dans tout cela ?

Grand sourire plus du tout triste d'Hippolyte qui commence à me devenir de plus en plus sympathique.

D'abord un type qui porte un tee-shirt aussi ringard ne peut pas être un méchant homme, et puis jusqu'à présent il a été assez clair, j'avais la trouille de ne pas trop piger mais jusqu'à présent, ça va. Pourvu que ça dure !

— On y arrive. Vous voulez manger quelque chose ?

C'est vrai que je commence à sentir un petit creux.

— Qu'est-ce que vous avez ?

— Rien. Il m'arrive de sauter des repas sans y prêter attention, je fais parfois livrer des pizzas, mais il doit rester des œufs.

— Je vais vous faire une proposition, dit Laurence, vous finissez de nous expliquer ce que nous faisons dans cette histoire, et je m'occupe de l'omelette.

Hippolyte semble assez enthousiasmé par cette perspective et se trémousse sur son tabouret, je me rends alors compte de ce dont je ne m'étais pas encore aperçu : il porte des chaussettes dépareillées.

— Dernier chapitre, reprend-il, ouvrez vos oreilles, vous en aurez tout juste assez de deux chacun. Il y a quelque temps, nous sommes alertés par un incident vous concernant, Zéphyrin : il s'agit d'un fait divers paru dans un journal. C'est l'un des membres du groupe Dumbar qui me prévient de ce qui vient d'arriver, cette blessure inexplicable devant un tableau a toutes les caractéristiques de ce phénomène que Dumbar appelle « seconde chance ». C'est là que les choses vous concernent directement. Il s'agit d'un trouble physique qui se produit chez un individu lorsqu'il se trouve en présence de l'image d'une personne actuellement vivante, mais qu'il a connue autrefois, dans une autre vie. Dans le cas présent, il s'agit de Laurence.

Nous devons avoir l'air assez éberlué car son sourire s'accentue lorsqu'il nous regarde.

— Attention, dit-il, pour que la chose se produise, il faut qu'autrefois une relation forte vous ait unis. Autrement dit, que vous vous soyez énormément aimés ou haïs, l'un ou l'autre.

— J'ai connu Zéphyrin dans une autre vie ?

Air triomphal de Lacombe qui termine son troisième verre.

— Je peux vous l'affirmer avec une certitude absolue.

— Ni elle ni moi ne nous souvenons de quoi que ce soit.

— Bien évidemment, triomphe Hippolyte, notre mémoire ne peut se rappeler ce que nous avons vécu il y a quatre cents ans, mais il y a quelque chose d'autre qui s'en souvient.

— Quoi ?

— Votre corps. Mon cher Zéphyrin, lorsque vous croisez Laurence pour la première fois en voyant son portrait, cela entraîne un bouleversement profond qui fait rejaillir une blessure vieille de plusieurs siècles. De même lorsque...

— Qui étions-nous ? l'interrompt Laurence, savez-vous nos noms ?

— Nous avons fait des recherches, poursuit Lacombe, et parmi les participants au groupe Dumbar, deux historiens se sont lancés sur votre piste en partant du tableau. Ça n'a pas été facile. La piste principale était les archives du peintre Van de Johnen qui, nous le savons, tenait des registres sur lesquels il inscrivait les noms des personnages dont il faisait le portrait, plus des considérations sur leur famille, le prix qu'il demandait, l'endroit où ils habitaient, etc. Malheureusement, cette piste a dû être abandonnée, les archives de Van de Johnen ont brûlé lors de l'incendie qui devait éclater le 14 septembre 1643 dans l'un des quartiers d'Anvers où se trouvait la maison du peintre.

A cet endroit du récit, Laurence a sauté sur ses pieds.

— Il existe une autre piste, dit-elle, celle d'un vieux bouquin du XVIIIe qui...

— *Les Contes perdus* de Daniel Helbering, dit Lacombe, qui existe dans une édition illustrée absolument introuvable, publiée en 1769 chez Bassompierre à Liège.

J'ai jeté à ce moment-là un coup d'œil vers Laurence, elle était l'image même de la stupéfaction.

— Je comprends que vous soyez surprise, dit Lacombe, mais nos moyens d'investigation sont assez performants. Nous ne possédons pas de crédits illimités mais nous suppléons à cela par une sophistication du matériel. Entre autres dans le domaine de la bibliophilie. Je ne crois pas qu'il puisse exister un seul livre au monde dont l'existence puisse nous échapper, et cela depuis la Bible de Gutenberg.

— Je possède ce livre, dit Laurence, il appartient à mon père mais il manque les dernières pages, je voudrais savoir...

Lacombe leva une main apaisante. Ce petit bonhomme ne suçait pas de la glace mais il y avait une chose que l'on ne pouvait pas lui retirer : il tenait sacrément bien l'alcool.

— Chaque chose en son temps, je n'en ai pas terminé avec la thèse de mon bien vieux copain Radranaji.

— Allez-y, dis-je, et n'oubliez pas qu'il y a une omelette au bout de la route.

Il a hoché la tête. Encore deux mois sans se raser et il pourra jouer le rôle du vieux sage dans un film de série Z.

— D'accord, dit-il, je termine et je vous livre la véritable découverte de ce génie inconnu.

— En termes simples si possible, je commence à avoir les neurones qui fatiguent.

— Vous vous êtes déjà rencontrés il y a en gros quatre cents ans. Vous avez eu une relation forte mais quelque chose a foiré.

Laurence a sursauté.

— Vous pouvez être plus clair là-dessus ? Qu'est-ce que ça veut dire, « a foiré » ?

Lacombe a écarté les mains dans un geste d'impuissance.

— Je ne sais pas, dit-il. Peut-être toutes les équations de Dumbar ne sont-elles pas déchiffrables. Ce que nous savons est peu de chose, et je peux vous le résumer en quelques mots : nous côtoyons chaque jour des gens qui ont croisé notre route dans l'une de nos vies antérieures et nous ne les reconnaissons pas plus qu'ils ne nous reconnaissent, et cela pour une bonne raison : sentimentalement, émotionnellement, nous n'avons pas beaucoup compté pour eux, de même qu'ils n'ont pas compté pour nous. Mais quand c'est l'inverse, lorsque la deuxième rencontre est violente, comme ce fut le cas pour vous, cela veut dire qu'il y a eu un ratage dans votre existence antérieure et qu'une seconde chance vous est donnée.

— Pour faire quoi ?

Lacombe me regarde. Son sourire triste est revenu.

— Pour réussir quelque chose entre vous. J'ignore quoi.

Silence.

C'est Laurence qui le rompt la première.

— En fait, tout se passe comme si quelque chose aurait dû avoir lieu entre deux personnes, et ne s'était pas produit.

— C'est exactement ça, assure Lacombe.

Je complète la phrase de Laurence.

— Et quelques siècles plus tard, nous sommes remis en présence l'un de l'autre pour que ce qui n'a pas eu lieu arrive enfin.

— Vous y êtes.

Lacombe paraît vieilli tout à coup. Il ressemble à quelqu'un qui a vidé son sac, a rempli une mission et ne semble plus trouver nécessaire de se tenir droit, ses yeux perdus dans le vide. Laurence s'en aperçoit, se lève et pose la main sur son bras.

— Baveuse l'omelette ?

— Baveuse.

Elle s'éloigne en direction de ce qui doit être la cuisine et nous restons face à face, lui et moi.

— C'est une histoire dingue, dis-je.

— C'est dingue, dit-il, mais ce n'est pas une histoire.

J'ai entendu Laurence remuer des casseroles à ma droite et je m'apprêtais à la rejoindre lorsque l'un des derniers rayons du jour a traversé la fenêtre pour se poser sur le visage d'Hippolyte Lacombe et l'a illuminé.

Ses yeux étaient sur moi à ce moment-là et j'ai su que cet homme n'avait pas menti, que là, dans ce vieux pavillon perdu au fin fond de la banlieue parisienne, au milieu de son fatras de bouquins, avec ses chaussettes dépareillées, sa solitude et son crapaud-buffle, cet homme était le dépositaire de l'un des plus grands secrets de l'humanité et qu'il nous l'avait révélé.

Samedi

— Alors, le karaté ?

Le karaté ! Quel karaté ? De quoi elle cause ?...

— Ne me regarde pas comme si j'étais un poisson mort. Tu m'as dit hier soir que tu allais au karaté, donc je te demande : « Alors, le karaté ? » Voilà, c'est pas compliqué. Si tu m'avais dit : « Je vais à une soirée sumo », je te dirais ce matin : « Alors, le sumo ? » Ça prouve que je me souviens de ce que tu me dis et que je m'intéresse à toi. Maintenant tu finis d'avaler ta tartine, tranquillement, parce qu'on ne parle pas la bouche pleine, et quand c'est terminé, tu réponds à ma question que je te pose une nouvelle fois : alors, le karaté ?

C'est un matin qui commence mal, quand elle tient la pêche comme ça, elle est capable de vous suivre jusqu'au fin fond des enfers pour savoir ce que vous avez dans le ventre, et pas la peine d'essayer de lui bourrer le mou, ça ne prendra pas.

Du coup, j'ai pris mon inspiration et j'ai dit :

— Je ne suis pas allé au karaté.

C'est incroyable ce qu'elle peut prendre l'air innocent. Je suis sûr qu'elle va dire : « Ah bon, et pourquoi ? »

— Ah bon et pourquoi ?

Pas la peine de s'enferrer davantage.

— Parce que je me fous du karaté, j'ai horreur du karaté, je déteste le karaté, je peux même dire que je hais le karaté.

Jocelyne et son air angélique.

— Très bien, dit-elle, est-ce que je peux me permettre d'en déduire que tu m'as menti ?

— Je crois que tu peux aller jusque-là. Je t'ai menti.

— C'est très vilain.

— Très.

Elle se tartine un quart de baguette avec du beurre allégé dont elle dit que c'est excellent pour le cholestérol, ce qui n'a pas grand intérêt pour elle dans la mesure où elle n'a pas de cholestérol. Comment une chose pourrait-elle être bonne pour un problème que l'on n'a pas ? Nous avons eu là-dessus de grandes discussions enfiévrées.

Elle se ressert de café et, je le sens, s'apprête à faire à nouveau sa maligne. Ça ne loupe pas.

— Si je puis me permettre, et compte tenu du fait que tu es rentré à près d'une heure du matin, puis-je te demander ce que tu as fait hier soir ?

Difficile de réfléchir à toute allure lorsque la migraine bat le tambour. Ça, c'est le whisky de Lacombe, il a beau être écossais, j'ai un casque de cosmonaute vissé à fond les boulons sur le crâne. Evidemment, je pourrais encore balancer un nouveau mensonge, du style : j'ai révisé la compo de maths avec des copains, ou j'ai décidé de me mettre au violon, à la contrebasse, au cor de chasse, j'ai fait de la muscu en salle, de l'haltérophilie plus précisément, ou même je me suis inscrit à la chorale, à un club de philatélie, au yoga, à la danse du ventre, au tango argentin... Tout cela tiendra facilement dix secondes devant Jocelyne car cette femme a une particularité : elle est PERSPICACE. Une carrière chez les flics absolument extraordinaire. Si elle n'avait pas choisi l'enseignement, elle dirigerait la PJ aujourd'hui. Je l'ai vérifié souvent : elle flaire l'entourloupe comme un clebs son nonosse... Chaque fois que j'ai essayé de lui bourrer le mou, je me suis fait avoir comme un bleu. C'est pour ça que je mens très peu, pratiquement jamais, c'est pas parce qu'elle m'a inculqué les valeurs morales, c'est parce que je me fais piquer tout de suite, alors autant ne pas finasser et balancer la vérité, et ça, ça ne va pas être de la tarte.

J'ai pris ma respiration et j'ai laissé tomber le morceau.

— J'avais rendez-vous avec une fille.

Ouf ! ça y est, c'est dit, c'est plus à dire. J'ai l'impression que le mot rutile de mille feux, il est devant nous au milieu de la table.

— Une fille ?

C'est à son tour d'avoir l'air ébahi.

— C'est une créature à deux pattes avec, au milieu de la partie supérieure, un nez, des cheveux....

— Ne fais pas l'imbécile. De quelle fille s'agit-il ? C'est celle qui a téléphoné l'autre jour ?

C'est pas encore Nathalie ?

Vieille histoire, Nathalie, c'était la voisine du dessous. Celle que ses copines appelaient Trottinette parce qu'elle courait en montrant ses semelles de baskets. On était allés trois fois au cinéma, histoire de se tripoter un peu, et on se roulait des saucisses dans l'escalier au retour de l'école. Mais c'était une vieille histoire, Nathalie, on avait quoi ? 12 ans ? même pas... Et évidemment qui c'est qui nous avait découverts ? C'est l'inspecteur principal Jocelyne, un soir où elle nous a surpris devant le local des poubelles. J'ai pas réussi à lui expliquer qu'on répétait une scène de *Roméo et Juliette* pour la fête de fin d'année du lycée.

— C'est pas Nathalie.

Elle a pas eu trop de mal à me croire parce qu'elle frôlait le 1,80 mètre aujourd'hui, Nathalie, et qu'elle s'était inscrite au gymnase en section « lutte gréco-romaine » et que, sauf erreur de ma part, elle devait être la copine d'un des videurs du Super U, toujours souriant mais 120 kilos de muscles purs.

— Alors si c'est pas Nathalie, qui c'est ?

D'ordinaire, j'aime bien les samedis matins. Je les aime même beaucoup parce qu'il n'y a pas boulot, ni pour maman ni pour moi, et qu'on a deux jours peinards devant nous, tout vides, qu'on remplira comme on voudra. Le mieux, c'est au printemps, le soleil pose des flaques partout, sur la table, au milieu des bols, des tartines, du beurre allégé, des pots de confiture, on est en pyjamas, on traîne déjà un peu et on discute, elle se marre et moi aussi.

Mais ce matin, pas question de se raconter n'importe quoi ou rien du tout comme d'habitude. Il va falloir que je lui raconte depuis le début, depuis le musée et c'est pas facile parce que je ne voudrais pas qu'elle croie que je suis devenu cinglé.

— Alors voilà, dis-je, elle s'appelle Laurence et c'est la fille du tableau.

— Quel tableau ?

— Celui du Louvre. Je l'ai retrouvée.

Elle me regarde longuement.

— Tu devrais arrêter le café au lait !

Je ferais mieux de tout reprendre depuis le début.

— Ecoute, on signe un contrat : je raconte mais tu ne m'interromps pas.

— D'accord.

Pas sûr qu'elle puisse tenir parole, mais je me suis quand même lancé dans mon récit.

Une bonne heure après, je dois reconnaître à mon grand plaisir qu'elle n'avait pas bougé. J'étais parvenu pratiquement à la fin, au moment où nous avions, Laurence, Lacombe et moi, tortoré l'omelette dans la cuisine.

— Laurence était parvenue à trouver des tranches de jambon cartonnées et un sachet de gruyère râpé, aggloméré en un bloc spongieux, et elle avait confectionné un plat de rêve. C'est tout au moins ce qu'avait dit Lacombe : « Un plat de rêve ! » C'était nettement exagéré mais on n'était pas là pour se plaindre. Hippolyte a avalé le contenu de son assiette comme s'il n'avait plus rien mangé depuis son dernier biberon, et on lui a encore posé quelques questions dont j'ai oublié le contenu quand Laurence est intervenue :

« J'ai le bouquin de Helbering, je l'ai lu souvent mais il me manque la fin de l'histoire, les dernières pages ont été arrachées, je ne sais pas par qui ni pourquoi. Est-ce que vous avez un exemplaire entier ?

« Lacombe a hoché la tête.

— Je l'ai. Je vais vous faire une photocopie du dernier chapitre que nous avons traduit. Mais une chose m'étonne, ce texte est écrit en vieux français, comment avez-vous pu le déchiffrer ?

— Mon père, dit Laurence, c'est lui qui me l'a lu. Il a toujours voulu que je fasse des études de philologie. Il me voyait professeur de linguistique médiévale dans une université de prestige. Le résultat de tout ça, c'est qu'à 14 ans je pouvais lire Chrétien de Troyes dans le texte sans compter les chansons de geste et les romans courtois. »

— Lacombe a paru impressionné, quant à moi je préfère ne pas t'en parler... Nous sommes revenus dans la grande salle tous les trois, et

Hippolyte a mis une imprimante en marche et nous a filé à chacun la fin de l'histoire. Il était déjà près de minuit et on a remercié Lacombe pour toutes ses explications. Il fallait partir. Je savais que j'avais un dernier train pour Paris à minuit douze, on avait juste le temps. On a récupéré le vélo de Laurence et on a foncé vers la gare. La banlieue est déserte à cette heure-là et on n'a pas eu de problèmes. Malgré ça, j'ai failli louper le train, je suis descendu en voltige, j'ai dévalé l'escalier et je l'ai attrapé au vol. Dix minutes après j'étais à Paris. Plus d'autobus, pas un rond pour le taxi, je suis rentré à pied, voilà pourquoi je suis arrivé tard. Je crois que je t'ai tout raconté.

Je me suis renversé sur ma chaise et j'ai regardé la pendule : j'avais pas lâché le crachoir depuis une heure. J'ai pensé que je n'avais rien oublié.

Jocelyne jouait avec sa petite cuillère et avait pris son air rêveur. Elle ne parlait pas, ce qui est plutôt rare dans son cas.

— Alors, qu'est-ce que tu penses de tout ça ?

Elle a fait une grimace.

— Difficile à dire. Il y a un truc cependant qui m'entraînerait plutôt à croire à cette histoire de réincarnation.

— Quel truc ?

— Ton père.

Là, elle m'a soufflé. Nous n'en parlions jamais. J'avais évidemment posé des questions il y a quelques années, et elle avait répondu par monosyllabes. J'en avais déduit qu'elle n'aimait pas trop y penser et que, si j'avais envie de savoir, elle avait encore plus besoin d'oublier. J'avais donc arrêté les questions. Je savais seulement qu'il avait été prof dans le même bahut qu'elle, qu'elle se réjouissait tous les jours que je ne lui ressemble pas puisque, disait-elle, j'avais hérité de sa renversante beauté à elle. Et voilà que ce matin, c'est elle qui y faisait allusion.

— Quel est le rapport entre mon père et la réincarnation ?

Elle a soupiré longuement et m'a délivré l'explication.

— J'ai toujours eu l'impression, dès la seconde où je l'ai rencontré jusqu'à la minute où il est parti, que je l'avais déjà connu dans une autre vie.

J'étais soufflé.

— Tu as voulu recommencer ?

Elle a émis une sorte de ricanement.

— Pas du tout. J'avais le souvenir que nous avions vécu longtemps ensemble et que ça avait été extrêmement ennuyeux.

— Alors pourquoi remettre le couvert ?

— Parce que j'espérais que, cette fois, ce serait plus gai.

— C'était ta seconde chance.

— Exactement.

— Et alors ?

— Ça a été pire.

On s'est mis à rire ensemble.

— Tu ne peux pas t'imaginer, dit-elle, c'était atroce, dès qu'il parlait plus de trente secondes, je piquais du nez. Une fois, dans le métro, je me suis endormie debout pendant qu'il me faisait un compte rendu de la dernière assemblée générale des copropriétaires de l'immeuble.

— Bref, dis-je, t'as loupé ta seconde chance.

— Je prie le ciel de ne pas m'en donner une troisième !

Elle s'est beurrée distraitement une nouvelle tartine. Ça devait faire sa sixième. Elle a dit :

— Et vous, qu'est-ce que vous avez vécu la première fois ?

Je m'apprêtais à lui raconter quand j'ai pensé aux feuillets que m'avait donnés Lacombe. Autant qu'elle connaisse l'histoire dans son intégralité.

Je me suis levé et je suis allé chercher les photocopies.

— Tiens, voilà de la lecture.

Elle a cherché ses lunettes dans la poche de sa robe de chambre et, comme d'habitude, ne les a pas trouvées.

— Lis-moi ça, je préfère.

Je lui ai résumé en deux mots le début de l'histoire jusqu'au duel avec le frère et j'ai attaqué les pages manquantes :

« Les années qui suivirent furent difficiles pour tous ceux qui vécurent entre les rives de l'Escaut et le pays d'Arnhem. Les guerres avaient secoué le vieux pays de Flandres durant de longues années et, bien que les troupes de l'empereur se fussent retirées, laissant derrière elles cadavres et ruines fumantes, les déserteurs des derniers régiments vaincus écumaient la région des basses plaines, pillant ce qui restait à piller, rançonnant les survivants cachés dans les caves de leurs maisons où les boulets des lourds canons de fonte avaient laissé des traces mortelles. Seules les églises et les monastères avaient été épargnés, la cloche de Sainte-Catherine-de-Nimègue dominait encore les courbes de la Meuse ; à Malines, la vieille cathédrale avait elle aussi survécu.

« C'est plus au Nord, dans ces paysages de brumes où les soldats des deux armées s'étaient enlisés au cours du dernier hiver, que se cachait l'abbaye de Zolderen.

« Invisible des grands chemins car masquée par des rideaux d'arbres et des dunes, Zolderen était restée au cours de ces années sanglantes à l'écart des invasions et des combats. Accolée à la mer, ses murs deux fois centenaires résonnaient du vent incessant qui soufflait venant des pays du froid. Construite en pierres noires issues des carrières de Groningue, une légende prétendait que les nonnes restaient cloîtrées tout l'hiver en leurs cellules car, lors de tempêtes qui se succédaient de septembre à mai, les rafales étaient si violentes que les

sœurs n'auraient pu se rendre au réfectoire. Elles assistaient aux offices en empruntant des souterrains et ne voyaient de jour que ce que les rares vitraux percés dans la muraille du lieu secret en laissaient passer. Les abbesses s'étaient succédé, leurs tombes s'alignaient sous les dalles de la plus sombre des chapelles, et la vie s'écoulait à Zolderen en méditations.

« C'est là que fut enfermée, le 16 juin 1627, Elizabeth D. Elle prononça ses vœux six mois plus tard, contrainte et forcée par le conseil de famille, soutenu par le parlement de Leyde auquel le père d'Elizabeth D. devait activement participer.

« C'est là que vécut la jeune fille. Elle avait 16 ans lorsqu'elle y entra. Elle ne devait jamais en sortir, et s'éteignit bien des années après son enfermement à l'âge de 73 ans sans avoir revu le monde extérieur.

« Lorsqu'il apprit que sa bien-aimée était envoyée à Zolderen, Gilian, à peine remis de sa blessure reçue au cours du duel qui l'opposait au frère d'Elizabeth, s'élança à cheval à travers les terres détrempées de ce qui n'était pas encore la Hollande. Il galopa quatre jours, rendant à chaque relais des chevaux blancs d'écume. Il ne s'arrêta qu'une fois dans une auberge, à Duisburg, où il prit seulement quelques heures de repos. Il arriva en vue de Zolderen le matin du cinquième jour.

« Du haut de la plus haute dune surmontant les vagues grises de la mer du Nord, il aperçut la vieille abbaye dont la désolation le frappa. Noirs sur le ciel livide, se dressaient les murs austères de

l'abbaye du Sang-du-Christ. Son cœur se serra en songeant que se tenait là, prisonnière, celle qu'il aimait et aimerait jusqu'à la fin des temps.

« De la poignée de son épée de combat, il frappa longtemps le battant de la poterne avant que la sœur tourière apparaisse derrière le judas. Il dut argumenter longtemps avant que la religieuse condescendît à appeler la mère abbesse, maîtresse de ces lieux lugubres. Celle-ci apparut enfin. Elle se nommait Johanna de la Nativité et elle accepta de franchir la porte de l'abbaye pour parler avec le visiteur.

« Gilian se jeta à ses genoux et l'implora de lui laisser voir, ne serait-ce qu'un instant, la nouvelle arrivée, Elizabeth D.

« Devant les prières mêlées à la détermination du jeune homme, la mère Johanna de la Nativité comprit que cet homme était capable de tout, par exemple de fomenter un enlèvement pour récupérer sa belle.

« Elle comprit aussi que la force n'était pas de son côté et qu'il lui fallait ruser. Elle prétendit alors que la demoiselle avait été, quelques jours auparavant, livrée à la prévôté sur demande du bourgmestre, et expédiée par-delà les mers vers les nouvelles terres découvertes quelques années auparavant par les Portugais, et appelées Amérique.

« Gilian ne supposa pas une seule seconde qu'une femme ayant voué sa vie au Christ pouvait mentir. Jamais il ne la retrouverait en ces pays inconnus, jamais il ne reverrait son sourire, son

visage, jamais ses lèvres ne se poseraient sur les siennes, cela ne s'était encore jamais produit, et si leurs yeux avaient parlé, si les mots étaient sortis de leurs bouches, jamais il n'y avait eu entre eux la moindre étreinte, le moindre contact, le ciel ne l'avait jamais permis... Son vœu le plus cher, le plus intense, ne serait jamais exaucé.

« Agenouillé sur le sable, Gilian n'entendit pas la lourde porte se refermer sur la robe sombre de la religieuse. Ce bruit sourd scellait à jamais son destin.

« L'histoire perd la trace du jeune homme à partir de cet instant. Sans doute rentra-t-il dans son castel de Nimègue sur les bords du Waal. D'aucuns prétendent que, désespéré de voir chaque jour le soleil mourir sur le fleuve qui l'avait vu maître, il s'embarqua cinq ans après l'épisode que nous venons de raconter pour l'île de Tobago, d'où il gagna la terre américaine.

« Qu'y fit-il ? Nul ne le sait. Sans doute chercha-t-il désespérément celle qu'il aimait et qui, à l'autre bout du monde, achevait sa vie sous les voiles sombres des filles de Dieu.

« On peut imaginer que certains soirs, dans les jungles profondes qui semblaient défendre aux voyageurs les trésors de ces régions inconnues, refermant ses bras sur le vide, Gilian sentit frémir contre son corps celui d'Elizabeth D., leurs bouches se joignant par-delà l'Océan. Il put alors obtenir ce baiser tant désiré qui n'avait jamais eu lieu. »

J'ai replié les feuillets et jeté un œil à Jocelyne, elle ne pleurait pas autant que pour *Docteur Jivago*, mais elle avait quand même la larme à l'œil.

— Bon Dieu, dit-elle, pour deux vies loupées, ce sont bien deux vies loupées !... Si ces deux-là ont une seconde chance, s'agit pas qu'ils la loupent.

— Ces deux-là, c'est peut-être Laurence et moi.

Il y a eu un silence.

— Tu crois à tout ça ? Dumbar, la réincarnation...

J'ai haussé les épaules et j'ai dit :

— Ça paraît dingue mais c'est la seule explication qui tienne debout.

Elle m'a souri et j'ai vu dans ses yeux que, pour une fois, elle était d'accord avec moi.

Epilogue

Si vous voulez avoir un bon demi-kilo de sable dans chacun de vos Zwims, c'est ici qu'il faut venir.

Pour ceux qui ne sont pas très au courant des marques de pompes, je signale que vous trouverez des Zwims chez les soldeurs de l'avenue de Clichy. Je pense même que vous n'en trouverez que là. Elles ne sont pas très répandues dans les magasins normaux et si vous voulez savoir pourquoi, il suffit de les regarder. Elles commencent comme des fusées et s'achèvent en péniche. Elles peuvent donner l'impression que l'on peut marcher sur les eaux avec. Ce serait évidemment une erreur de le croire. Difficile de décrire la couleur, plus exactement les couleurs. Il y a un modèle où le talon est clignotant. Je me suis rabattu sur les plus sobres des Zwims, ce qui ne m'empêche pas d'avoir le coup de pied rose bonbon, des lacets vert pomme, le bout chocolat et la bordure vanille.

Lorsque Laurence m'a vu arriver avec à la gare du Nord, elle a cru que j'avais marché dans des esquimaux. Chaque fois que, durant le voyage, ses yeux tombaient dessus, elle était prise d'un fou rire. Cela a duré jusqu'à la frontière hollandaise.

Je lui ai tout de même expliqué que les Zwims avaient un avantage, énorme à mes yeux : elles n'étaient pas chères.

Elle s'est encore étouffée de rire en entendant cela et, entre deux hoquets, elle est parvenue à articuler : « Tu te rends compte si, en plus, elles étaient hors de prix ! »

Bref, gros succès. Si vous pensez que, pour emballer les filles, il faut les faire rire, je vous donne la recette : portez des Zwims. Vous vous retrouverez très vite cerné par une armée de gonzesses hystériques.

Il a fallu changer à Amsterdam, prendre un petit train pour traverser la campagne. Je n'arrivais pas à le croire, c'était comme sur les affiches du métro : des tulipes et des moulins. Laurence était aussi étonnée que moi, c'est vrai qu'à force de se coltiner de la pub un peu partout, on finit par ne plus rien croire du tout, tout est pipeau… Et là, ce matin, avec les nuages pas méchants et le soleil qui passait à travers, la réalité s'est mise à ressembler aux vitrines des tours opérateurs.

Comme prévu, on est descendus dans une gare perdue qui sentait l'herbe et la mer. On a vérifié sur la carte mais on ne pouvait pas se gourer, il fallait marcher plein ouest, droit sur les dunes.

Elles sont apparues assez vite et c'est là que j'ai commencé à remplir mes Zwims. Les mouettes tournaient autour de nous.

— On doit pas être loin, a dit Laurence.

On s'est arrêtés pour vérifier : il y avait sur la carte trois minuscules carrés en triangle, à moins d'un kilomètre du rivage. Trois points en triangle, ça signale des ruines. On y était presque.

Pas un chat aux alentours : nous, les mouettes, le vent et, bien sûr, le sable qui remplissait peu à peu mes chaussures.

On ne pouvait pas dire que c'était un coin à touristes, ils ne devaient pas pulluler dans ce pays pour goélands.

On a escaladé une série de dunes et on a débouché sur la mer. Rien qu'à la voir, malgré un soleil faible, ça vous débarrassait d'un coup de toute envie de baignade, c'était d'un vert épais, un jade profond à vous glacer le sang dans les veines. Un ruban discontinu de plages, à perte de vue. Ça devait démarrer à Ostende et finir pas bien loin du Danemark, bref, la mer du Nord.

On a eu envie de descendre et de courir le long des vagues, de batifoler comme les mômes avec leurs pelles à sable et leur filet à crevettes, mais on n'était pas venus pour ça. J'ai pris une goulée de vent du large à tomber par terre et Laurence m'a pris le bras.

— Regarde.

Elle me montrait une pancarte au bas de la sente entre les herbes hautes. On s'est laissés couler et c'était bien ça : Zolderen.

On s'est mis à courir en faisant craquer les coquillages morts sous nos semelles, un vrai sprint. Elle courait bien, en sportive, les bras collés au corps, mais je n'allais pas me laisser distancer. On a cavalé de front, avec le fouet des rafales qui nous cravachaient le profil, et la mer a disparu lorsque nous nous sommes enfoncés à l'intérieur des terres.

A présent, on distinguait des toits sur la droite mais, soudain, on a pilé et le vent s'est tu. On devait être protégé par les collines des dunes et il n'y avait plus qu'un couple d'oiseaux de mer qui tournoyait au-dessus de nous, à la verticale.

Les ruines étaient devant nous.

Il ne restait plus grand-chose des hauts murs de ce qui avait dû être l'entrée mais, derrière, restaient les colonnes du cloître que le sable avait envahies, et plus loin la croisée d'ogives du maître-autel. Trois marches y menaient, à demi écroulées.

L'abbaye de Zolderen.

Un des goélands s'est perché sur l'une des colonnes, il s'est lissé les plumes et a filé droit sur la mer, suivi par son compagnon, un vol direct, sans un battement d'ailes, et le silence est tombé.

Je me suis tourné vers Laurence et j'ai vu ses larmes. Elles coulaient sans sanglots, lentes et douces, illuminées par les rayons de midi. C'était sans effort, comme un chagrin liquide qui sortait d'elle, des larmes sereines qui retrouvaient dans l'immensité des siècles celles qu'elle avait dû verser en cet endroit, autrefois, au temps de sa première vie.

J'ai passé mon bras autour de ses épaules, je l'ai serrée contre moi et nous sommes entrés dans ce qui restait de l'abbaye.

C'était là qu'elle avait vécu, c'était ici que reposait son corps d'autrefois. En approchant de la porte, un tremblement m'a pris.

Le bois avait disparu depuis longtemps, mais c'était là, en cet endroit précis, que j'avais frappé contre le battant et que la mère abbesse avait brisé nos vies. Nous étions tout proches et nous ne nous reverrions jamais.

Le vent a tourné et a pris ce qui avait été la nef en enfilade, produisant un hululement léger entre les pierres. C'est là que Gilian aurait donné sa vie pour un baiser de cette fille, une vie pour quelques secondes.

Laurence s'est tournée et ses lèvres sont montées vers moi.

Je me suis penché vers elle et c'est à ce moment-là que son portable a sonné.

— Excuse-moi.

Je ne sais pas pourquoi, mais la trouille m'a pris. J'ignorais à quoi elle était due, il y avait ce lieu dévasté, lugubre, mais le fait aussi que nous avions retrouvé nos traces si anciennes, si perdues, bref, cela sentait la mort et le malheur.

Pourtant nous étions en 2010, tout recommençait, nous allions vivre ce qui n'avait pu l'être. On avait profité du week-end pour faire ce voyage éclair avec l'accord de Jocelyne et de ses parents à elle. Tout allait bien, il suffisait de...

Elle est revenue vers moi et j'ai compris que quelque chose venait de se passer.

Je ne lui ai pas posé de question, si c'était grave, elle m'en parlerait elle-même sans que j'aie à la questionner.

C'était grave. Il n'y avait qu'à voir son visage. Ce coup de bigo n'annonçait pas du bonheur, ça se sentait à des kilomètres.

— Je n'y crois pas, dit-elle.

Ses lèvres tremblaient, surtout celle du dessous.

— Mauvaise nouvelle ?

— Non.

Je me suis assis sur les marches défoncées du maître-autel et j'ai défait le lacet de ma Zwims de gauche, qui devait bien avoir un demi-kilo de sable dedans.

— Tu ne veux pas qu'on en parle ?

— Si.

Elle était à contre-jour à ce moment-là, avec le vent qui tournicotait entre les piliers restants, les boucles de ses cheveux dansaient une sarabande lente, elle s'est agenouillée devant moi, sur les pierres, et elle a posé ses mains sur mes genoux. Elle n'a dit qu'un mot.

— L'Amérique.

Je n'ai pas compris sur le moment ce que cela signifiait, mais elle ne m'a pas laissé le temps de poser ma question.

— C'était ma mère qui appelait. Elle a reçu un courrier d'une école à Boston, j'avais fait une demande, et elle est acceptée.

J'ai fermé les yeux. A quatre siècles de distance, au même endroit, le même mot avait été prononcé : l'Amérique.

Il y avait eu le mensonge de la mère abbesse, ce mensonge qui avait brisé le couple de Gilian et Elisabeth, et voici qu'aujourd'hui il resurgissait. Il s'agissait de savoir si tout allait recommencer, s'il n'y aurait pas de seconde chance. J'ai retiré ma chaussure et l'ai retournée. Elle était moins laide à l'envers.

— Tu partirais quand ?

— Dans deux mois.

J'ai hoché la tête. C'était notre tour à présent. Laurence et Zéphyrin, ce couple magnifique qui devait soulever admiration et envie parmi les foules enthousiastes allait-il disparaître avant d'avoir été formé ? Cela, vous le saurez demain en regardant le deuxième épisode de...

Plus envie de déconner.

Je ne suis pas très vieux mais je sais quand même un peu comment les choses se passent, plus exactement comment elles se passeront... Quelques mois là-bas, peut-être quelques années, et je m'effacerai de son souvenir comme les photos sur le bureau de Maman : elles pâlissent,

pâlissent, et un jour il faut faire un effort pour se rappeler qui c'était exactement ce mec assis dans le sable avec ses chaussures ridicules... Et puis, ils sont pas fous les Américains, tous les playboys du collège vont jouer des pectoraux quand ils vont voir arriver la belle french girl, pas mal du tout la mignonne, on peut pas dire que je manquerai de concurrence...

— Si j'ai bien compris, a-t-elle dit, il y a quatre siècles nous étions amoureux fous, alors qu'est-ce qui va se passer maintenant ?

— Tu vas te tirer dans ta belle école bostonienne et...

Elle a froncé le sourcil.

— Ce Gilian n'était pas très futé, il n'a pas été fichu de se rendre compte que cette bonne sœur lui mentait. Je me demande si tu n'es pas aussi idiot que lui.

Avant que j'aie pu répondre, elle m'a empoigné par le devant du blouson et m'a embrassé. Une bise de voyoute, pas un baiser à la va-vite cousine de province, une pelle royale à vous couper les jambes.

Qu'est-ce que vous auriez fait à ma place ? Donc, j'ai fondu.

Comme on tourne un bouton pour augmenter le volume sonore, la musique du vent s'est accélérée.

J'avais toujours pensé qu'une des différences entre le cinoche et la vie, c'était que dans le cinoche, aux moments importants, il y avait un fond sonore, un orchestre, une chanson pour souligner le drame, le malheur ou la joie.

Et en cet instant, la vie ressemblait au cinoche : derrière nous, autour de nous, s'élevait une mélodie, et celle-là venait du fond du ciel. Des tambours de la mer à l'orgue des nuages.

Quand j'ai repris ma respiration, j'ai demandé :

— Alors, Boston ?

Elle s'est mise à rire. Je savais que c'était là que ça allait se décider. La seconde chance ou pas de chance du tout. Elle n'a dit que deux mots :

— Boston ? Jamais.

Voilà, c'était dit, elle avait choisi. Moi aussi d'ailleurs.

On avait une autre vie à inventer, on avait loupé la première… il allait falloir ne pas gâcher…

On s'est couchés dans les vestiges de la grande nef à ciel ouvert, on a écouté un moment les sifflements du vent entre les pierres, et j'ai senti le bonheur fondre sur nous, un oiseau géant, bleu comme l'été et venu de nulle part.

Cet ouvrage a été imprimé par
CPI - Firmin Didot à Mesnil-sur-l'Estrée
pour le compte des Éditions Plon
76, rue Bonaparte
Paris 6e
en janvier 2010

Composition et mise en page

NORD COMPO
multimédia

Dépôt légal : janvier 2010 – N° d'édition : 14497
N° d'impression : 97789

Imprimé en France